AF176665

Über den Inhalt:

Wien im Jahr 2004 – eine nicht mehr ganz junge Nachwuchsband erlebt die Höhen und Tiefen des Rock'n'Roll–Life-Styles. Im Mittelpunkt des Geschehens steht Sigi Pfisterer, der Held der Geschichte und gleichzeitig Lead-Sänger einer Band, die sich ZOFF nennt, „die böseste Form der Gewissenlosigkeit".

Eine Geschichte über die „erbärmlichen Bedingungen", unter denen man auftreten muss, gleichzeitig eine Ansammlung unterhaltsamer Anekdoten aus der Wiener Beisl-Szene mit dem Lokal-Kolorit von so extrem gegensätzlichen Welten wie Kaisermühlen und der Josefstadt.

Daneben finden sich in diesem Buch GESCHICHTEN AUS WIEN UND DEM WALD, einige ITALIENISCHE SKIZZEN die im Rahmen von Reisen in Südeuropa entstanden sind sowie das Romanfragment PENTECOSTE.

Über den Autor:

Leo K., Jahrgang 1962, ist freier Schriftsteller und Musiker und genießt es nach wie vor, „nicht von der Kunst leben zu müssen".

Neben seinem Hauptberuf als Techniker schreibt Leo K. für diverse Print- und Internet-Medien im Musik- und Politikbereich und ist seit seinem siebzehnten Lebensjahr (mit Unterbrechungen) als Bassist mit diversen Bands in Österreich und im benachbarten Ausland unterwegs.

ZOFF

Ein Rock'n'Roll Schundroman

und andere dunkle Seiten der Trash-Literatur

von

Leo K.

Bibliografische Information der Deutschen Nationalbibliothek:
Die Deutsche Nationalbibliothek verzeichnet diese Publikation in der Deut-
schen Nationalbibliografie; detaillierte bibliografische Daten sind im Internet
über http://dnb.dnb.de abrufbar.

© *2013 Leo K., 2.überarbeitete Auflage 2018*

Illustration: **Leo K.**

Herstellung und Verlag: BoD – Books on Demand, Norderstedt

ISBN: 978-3-7528-2980-8

INHALT

ZOFF

Ein Rock'n'Roll Schundroman

Leo K. (2006-2013)

PRELUDE

Wir schreiben das Jahr 2013: Von einer anstrengenden Tournee mit meiner Band kehre ich heim nach Wien. Ich möchte meine Bank-Konten ordnen und ein paar Dinge besorgen, die ich für mein Heim-Studio in meiner Villa auf dem Semmering brauche.

Auf dem Weg zu einem Musik-Geschäft im 21. Bezirk verspüre ich das dringende Bedürfnis nach einem kleinen Braunen in einem dieser furchtbaren Wiener Tschocherln. Es verschlägt mich dabei ins Kaffee „Falk" in der Wagramer Straße, dort fällt mir neben der grell und ordinär geschminkten Kellnerin ein auf gelbes Papier kopiertes Plakat auf:

SIGI PFISTERER
SINGT
DIE GRÖSSTEN HITS
DER 60ER UND 70ER

Also noch immer!

So lasse ich denn diese ereignisreichen Tage vor zehn Jahren Revue passieren, die mein Leben so grundlegend verändern sollten. Vieles, von dem ich erzählen werde, ist tatsächlich passiert, freilich vielleicht nicht immer genau in der Reihenfolge, wie hier nachzulesen. Manches MUSSTE einfach dazu erfunden werden. Die Namen der handelnden Personen und der Lokale habe ich natürlich teilweise verändert, weil ich ja nicht unbedingt Schmutzwäsche waschen will.

Obwohl – warum nicht? Damals war die Musik-Szene in Wien in einem erbärmlichen Zustand, wie sich noch zeigen wird. Vor allem die Bedingungen, unter denen wir auftreten mussten, waren erbärmlich, die meisten Gastronomen und Veranstalter waren erbärmlich; trotzdem glaubten wir an den Rock'n'Roll. Auch Sigi Pfisterer glaubte daran. Er ist eigentlich ein netter Kerl, hat viele Schwänke geliefert und kriegt hier vielleicht mehr Fett ab, als er verdient. Sorry, my friend!

Dies sind also die Abenteuer von Sigi Pfisterer, der besser daran getan hätte, das Singen bleiben zu lassen, und gleichzeitig die Erlebnisse einer nicht mehr ganz jungen Nachwuchs-Rockband im Wien des Jahres 2004...

1
„I SAW A BAD MOON RISING"
(John Fogerty)

Sigi Pfisterer war kein schöner Mensch – aber er hatte eine starke Ausstrahlung. Mit seiner quäkenden Stimme und der angestrengten und übertriebenen Mimik wirkte er ein wenig wie der Komiker und Schauspieler Jerry Lewis. Der war einst kongenialer Partner des genialen Sängers und Säufers Dean Martin in zumeist tragikomischen Rollen: Dino war der strahlende Held, Jerry der Dumme – Doppelkonference der Marke Qualtinger und Bronner oder Pat und Patachon auf amerikanisch und ohne besonderen Tiefgang. Besagter Jerry Lewis war jedoch nicht verwandt mit dem Rock'n'Roller Jerry LEE Lewis. Und trotzdem, oder besser gesagt, gerade deswegen, war Sigi Pfisterer sozusagen der Jerry Lewis des Rock'n'Roll – ein Ausspruch, der leider nicht von mir stammt, der aber Sigi Pfisterer hervorragend charakterisiert. Meine erste Begegnung mit ihm hatte ich in einer üblen Kaschemme in Wien 5., namens „Memphis". Das im „FALTER" angekündigte Duo „Sigi Pfisterer & Tim Trash" gab sich die Ehre eines Auftritts. Es war ein bitterkalter Dezember-Abend im Jahr 2003, ich war gerade frisch geschieden und auf der Suche nach einer Band, um meinem unerwarteten Single-Dasein wieder einen Sinn zu geben. Im „BAZAR" war mir ein Inserat aufgefallen, in dem „ein Bassist im Stile von John Entwhistle und John Bonham" (Nur so nebenbei: John Bonham war der SCHLAGZEUGER von Led Zeppelin!) gesucht wurde – genau meine Kragenweite also! Ich hatte ein paar Jahre Erfahrung als Bassist einer Blues-Rock Band und wollte es nach einer Zeit des Rückzuges ins Ehe- und Privatleben sozusagen noch einmal wissen. Ich hatte die angegebene Telefon-Nummer angerufen und Sigi Pfisterer am Rohr gehabt. Er sprach selbstbewusst davon, es ginge darum, den gerade aktuellen Trend von „Rock mit deutschen Texten" zu nutzen. Es würden nur eigene Songs gespielt, sie wären also „keine Cover-Band, beherrschten aber dafür die einzigartige Kunst des Rip-Offs", etc, etc, etc

(Anmerkung: Rip-Off bedeutet einen Song so nachzuspielen, dass er nicht als Cover-Version bezeichnet werden kann, und trotzdem eine gewisse Publikumsschicht befriedigt).

Ich solle mir also das ganze mal anhören und mir eine Meinung über das Projekt bilden. Soweit, so gut! Ich betrat also das schon erwähnte „Memphis", außer mir waren offenbar Sigi Pfisterer und Tim Trash anwesend, weiters ein unfreundlich dreinblickender Wirt, eine etwas freundlicher dreinblickende Kellnerin und noch zwei oder drei Gäste. Einer war dabei, der wie der Manager der Band wirkte, mit seinen Goldketten versprühte er den Charme eines Zuhälters aus mediterranen Gefilden. Er war ein Freund von Sigi, wie sich wenig später herausstellte, der als billige Franko Adolfo-Kopie des Öfteren in Casinos und ähnlichen Etablissements Herz-Schmerz-Oldies zum Besten gab und damit die Herzen der Frauen von 17 bis 70 zum Schmelzen brachte.

Well, da es sich also beim „Memphis" um eine Art Blues- und Country-Pub handelte, würde ich an diesem Abend wohl mein Heil im Whisky suchen. Ich bestellte zum Aufwärmen den ersten von mehreren Johnny Walker Red-Label und lauschte ergriffen dem Gerede des Typen mit den Goldketten, der sich selbstgefällig „Sergio" nannte. Sigi war laut eigenen Angaben des Öfteren mit Sergio durch Bratislava auf der Suche nach One-Night-Stands flaniert, wobei Sigi den Schüchternen gemimt hatte und Sergio den Draufgänger. Über die Erfolge dieses Gespanns weiß die Chronik jedoch wenig zu berichten…

Derweilen Tim Trash seine Gitarre stimmte, machte der Wirt den Jungs unmissverständlich klar, dass die von den beiden mitgebrachten Verstärker nicht zum Einsatz kommen würden, sondern die „Band" über seine Stereo-Anlage spielen müsse, damit „das ganze nicht zu laut" wird. Was für ein Witz! Die beiden Mini-Amps von Sigi und Tim gingen bei mir gestandenem Rocker gerade mal als Würstelkocher durch. Von wegen laut – der Typ hatte doch keine Ahnung! Na ja...

Da sich auch eine Stunde nach geplantem Konzert-Beginn noch immer nicht mehr Gäste eingefunden hatten, begannen die beiden schließlich mit ihrer Darbietung vor dieser einigermaßen schütteren Kulisse. Sigi Pfisterer war offenbar der Lead-Sänger und Rhythmus-

Gitarrist, Tim Trash der Lead-Gitarrist. Tim Trash wirkte auf mich wie eine Mischung aus Mick Jagger und David Bowie, also ein Chamäleon mit Charisma, wohingegen Sigi Pfisterer ein bisschen die hochnäsige Attitude von einem Mod hatte (die Mod's waren eine britische Schicki-Micki-Jugendkultur in den 60er Jahren, die durch die Who auch außerhalb Englands bekannt geworden war). Sigi war vor allem einmal laut. Über die Anlage des Lokales kam der cleane Gitarrensound gnadenlos rüber. Jeder Spiel-Fehler war deutlich zu hören, dafür war es fast unmöglich, Stimmung zu machen. In diesem Waterloo nicht unterzugehen, war schon eine Herausforderung – die beiden rangen mir eine ziemliche Achtung ab! Ihre rotzfrechen und bösen Texte gefielen mir sowieso auf Anhieb: „Anneliese, lass mich Dich ans Bett fesseln...“ – damit würden wir auffallen, damit konnte man Menschen provozieren, der Rotzbub in mir erwachte wieder. Ich konnte mir gut vorstellen, bei den zwei Rabauken mitzuspielen. Nach dem Gig (Anmerkung für Rock'n'Roll-Neulinge: Gig = „Fachausdruck“ für Auftritt) sprach ich sie daher an, sagte, dass ich wegen des Inserates gekommen sei.

Tim Trash war mir gegenüber vorerst reserviert, wahrscheinlich wirkte ich auf ihn ein wenig abgehoben in meinem Metal-Outfit und mit dem Spiegel von nun mehr bereits mehreren Johnny Walker Red Label, dafür aber war Sigi Pfisterer umso begeisterter – zumindest hatte ich diesen Eindruck. Sie würden mich kontaktieren, nach Weihnachten sollte ich auf eine Session vorbeikommen.

Einige Wochen später...

Ich betrat eine Sub-Standard-Wohnung in einem Gemeindebau in Wien 22: Sie befand sich im obersten Stock des Hauses. Im Wesentlichen bestand die Wohnung aus einem 25 Quadratmeter großen Wohn-Schlafraum mit Stockbett, davor standen ein paar Gitarren-Amps, gegenüber befanden sich die Stereo-Anlage, ein Fernseher und ein Video-Rekorder sowie ein Stapel Musik- und Porno-Videos. In der Abwasch türmte sich Geschirr, das offenbar seit Wochen aufs Spülen wartete, und von verkrusteten Speiseresten strotzte. Auf dem Tisch lag eine Motorrad-Jacke, die gerade mit dem Öl vom Spaghetti-Carbonara-Kochen eingefettet worden war (um sie wetterfest zu machen, wie mir Sigi später erklärte). An einer weiteren Wand hingen Formel 1 – Fotos und astrologische Motive und was-weiß-ich-was-für Humbug! Inmitten dieses Chaos lärmte Sigi Pfisterer auf seiner Gitarre und plärrte sich die Seele aus dem Leib, wie ich schon im Stiegenhaus beim Betreten des Hauses hatte hören können: „In Dich verliebt, in Dich verliebt, in Dich verliebt..." und immer wieder „Oh Yeah! Uuuuuh Yeah!"

Tim Trash war in jener leicht gereizten Stimmung, die ich später noch öfter an ihm beobachten sollte. Irgendwo zwischen Ärger und Wohlwollen beobachtete er Sigi's Treiben und wies ihn dann und wann auf Arrangement-Fehler und Text-Lücken hin. Ich packte meinen Bass aus dem Koffer und stöpselte mich in meinen mitgebrachten Ampeg-Verstärker. Ich versuchte einfach mit den beiden mitzuspielen, nach-dem mir Tim Trash die Grundzüge von einigen Songs erklärt hatte, und ich so zumindest ein paar Töne treffen konnte. Notenlesen hatte ich nämlich nie gelernt, das hätte mir in dieser Situation allerdings auch nicht viel genützt...

Anyway – irgendwie konnte ich an diesem Abend auch Tim Trash überzeugen, der übrigens mit richtigem Namen Tobias Rabenschwarz heißt, was aber nix zur Sache tut, und so hatte ich also den Job. Schlecht für Sigi's Freund Franz Gutmann übrigens, der schon ein hal-bes Jahr zuvor von Sigi genötigt worden war, eine Bass-Gitarre und einen Verstärker zu kaufen, um in der zu gründenden Band als Bassist einzusteigen – alleine: Franz konnte nicht Bass spielen und würde es auch nicht lernen! Das einzige, was er konnte, war die Stereo-Anlage einschalten - der Bass und der Verstärker verstauben vermutlich heute noch in seinem Keller...

Tim Trash verriet mir an jenem Abend, wie die Band heißen sollte: „ZOFF – die böseste Form der Gewissenlosigkeit" – das gefiel mir! Wir würden als die „Sportfreunde Stiller für Erwachsene" Geschichte machen (Deren Album „Burli" brachte der ehemaligen Fußballer-Fan-Band 2004 den endgültigen Durchbruch). 2004 würde also unser Jahr werden, 2004 sollte aber auch MEIN Jahr werden, wo ich es nach mei-ner Scheidung wieder so richtig laufen ließ!

Die Suche nach dem Schlagzeuger für ZOFF gestaltete sich sodann sehr schwierig und dauerte mehrere Wochen. Zuletzt hatten wir die Wahl zwischen einem überpünktlichen und absolut uncoolen Loser, der an einen traurigen, zweitklassigen Kabarettisten erinnerte, sowie einem lockeren Sunnyboy namens Andi Staberl. Andi erschien mit oranger

Hose zum „Casting" (=Vorspielen) und das gab letztlich den Ausschlag – mir gefiel er sofort: bunt, geschmacklos und gerade deswegen gediegen! Das war unser Mann! Als Zeugler hatte er es natürlich mit der Time: Wenn er um zwölf da sein sollte, kam er um 1/2 eins, und wenn er anrief, dass er in sieben Minuten da sein würde (was sehr oft vorkam), dann dauerte es noch eine Viertelstunde. Dafür war er ein genialer Drummer und ein Genießer vor dem Herrn. Andi's Wohnung verströmte die köstlichsten Küchendüfte, die man sich vorstellen konnte, und es war klar, dass er der Band-Koch werden würde, wenn wir dereinst groß auf Tour gehen würden. Nebenbei konnte er beinahe kein weibliches Wesen vorbeiziehen lassen, ohne dass er zumindest versuchte, diesem schöne Augen zu machen.

Der uncoole Loser hätte es Sigi ja eher angetan, weil er so ein bisschen wie John Bonham von Led Zeppelin spielte, wohingegen Andi Staberl aus der Jazz- und Samba-Ecke kam – und darin lag wohl von Anfang an der Wurm bei ZOFF, aber davon später. Der Wurm bei ZOFF lag nämlich viel tiefer, und zwar in der ambivalenten „Beziehung" zwischen Sigi Pfisterer und Tim Trash, wovon wir noch einiges hören werden. Vorweg sei so viel gesagt: Tim war nicht unbedingt begeistert von Sigi's Vorliebe für Musik der Marke „Vintage" (Anmerkung: Vintage ist ein anderes Wort für Mode bzw. Musik der 50er bis 70er Jahre, vor allem wenn diese durch „Stromgitarren" geprägt ist...), er versuchte vielmehr, für wirklich ALLES offen zu sein, und das imponierte mir.

Wie dem auch sei, die Dinge nahmen ihren Lauf: Wir hatten unseren Drummer gefunden, die Band war somit komplett. Ich war mit Abstand der Älteste von den Vieren und fühlte mich ein wenig wie der „Bon Scott aus der Josefstadt" (Anmerkung: Meine Wohnung befand sich damals im achten Bezirk, der auch Josefstadt heißt – übrigens eine begnadete Beisl- und Aufriss-Gegend! Anmerkung für die Rock'n'Roll Nachzügler: Bon Scott war der erste und gleichzeitig einzig ernst zu nehmende Sänger von AC/DC, und er war so viel älter als die anderen Musiker, dass er durchaus der Vater von Angus Young und den restlichen Buben hätte sein können. Er starb im Februar 1980 nach einem seiner zahllosen Alkoholexzesse. Ironischerweise wurde der Song

„Hells Bells" (1980) aus dem posthum Bon Scott gewidmeten Album „Back in Black" in der großen Heavy-Metal-Zeit, Anfang der Achtziger Jahre zur Trademark der Band – eingesungen von Bon Scotts Nachfolger Brian Johnson, der nie an die Qualitäten seines Vorgängers anknüpfen konnte). Sei's drum - ich sah jedenfalls alles als Herausforderung (wie so vieles in meinem Leben) und dachte mir, dass ich mit ZOFF mich und meine Einstellung jung erhalten könne.

Wir probten das ganze Frühjahr 2004 in den stundenweise mietbaren Proberäumen des „t-On" in der Linken Wienzeile. Wir plauderten jeweils nachher im nebenan befindlichen „Cortez" (die anderen tranken meistens ein Bier, ich meistens den einen oder anderen Grappa) und malten uns unsere großartige Zukunft im Rock'n'Roll-Geschäft aus, aus dem ich die Jungs „ganz groß rausbringen würde" (Har Har!). Im „Cortez" gab es eine ganz süße italienische Kellnerin. Sigi meinte nur altklug: „Bei der brauchst gar net bratn, bei den Italienerinnen ist das sinnlos, da brauchst du als Mann Knieschützer!" Er selbst probierte dann irgendwann einmal, sie auf ein Getränk einzuladen. Kleinlaut kam er wenig später zu uns und meinte, sie habe abgelehnt, weil es „dem Chef nicht recht sei..." Abgeblitzt war er also, der Gute, stellte ich schadenfroh fest!

So manche Probe fand aus Kostengründen in Andi's Wohnung statt, wo wir halt ein bissl leiser spielen mussten (was der Genauigkeit der Performance dient und alle Spiel-Mängel deutlich werden lässt), wo wir uns aber auch an den Köstlichkeiten aus Andi's Küche labten und uns am Anblick der Kalenderbilder mit den Palmers-Wäschemodels erfreuten, die Andi kunstvoll an seinen Wänden drapiert hatte. So hatten wir alle unsere kleinen Freuden in diesen Tagen...

Irgendwann nach ein paar fruchtlosen Proben mit ebenso fruchtlosen Diskussionen über dies und das begann es aber Tim erstmals zu stinken. Es ging nix weiter, die Suppe war einfach zu dünn. Es musste bei den Proben härter gearbeitet werden, nicht einfach nur „gejamt"! Tim beutelte den Sigi ordentlich her, wies ihn an, vor dem Singen Stimm-Übungen zu machen, beim Singen gefälligst genau zu intonieren, die Gitarre ordentlich zu stimmen und vor allem es nicht mit der Lautstärke zu übertreiben. Darauf lief Sigi's Gesicht rot an, er hob die rechte Hand hoch mit dem noch höheren Zeigefinger und sprach seinen legendärsten Satz: „REDE NICHT IN DIESEM TON MIT MIR!!!"

Sigi war nämlich in seinem Hauptberuf Schauspieler („wegen des Geldes und wegen der Hasen", wie er zu sagen pflegte. Er sagte dies einst der Regisseuse eines Österreichischen B-Movies, in dem er als Statist mitgewirkt hatte – sie erwiderte darauf sinngemäß bezüglich künftiger Engagments: „Rufen Sie uns nicht an, wir rufen Sie an…"). Sigi neigte also aufgrund seiner Schauspielerei, wie wir noch öfter sehen werden, zu darstellerischen Übertreibungen.

Das wurde übrigens auch jedem klar, der einmal Sigi's Stimme auf der mailbox seines Mobil-Telefons (ich hasse das Wort „Handy"!) gehört hatte. Mit aufgesetzter Stimme nuschelte er etwas, das sich mit viel Phantasie etwa anhörte wie: „Dies ist die Sprachbox von 'Iggy Fitzgerald' – sie können mir eine Nachricht auf Band hinterlassen."

Sigi's Blasiertheit relativierte sich ganz von selbst, wenn er sich persönlich und laut polternd mit „Pfistara! Hallo?!" meldete...

Dann war da noch diese Party, bei der ich mich sehr intensiv mit einer gewissen Brigitte unterhalten hatte, bis der Sigi völlig betrunken zu später Stunde noch auf der Bildfläche erschien. Er fiel plump in unser Gespräch und pöbelte Brigitte mit den Worten an: "Wos is, fahr' ma zu mir z'Haus, oder? Eh wurscht...". Brigitte, die uns möglicherweise einen Gig bei einem Burg-Open-Air hätte verschaffen können – eine Connection, die natürlich von Tim Trash eingefädelt worden war - hatte sich somit ihre Meinung von ZOFF gebildet. Sie ließ den Sigi einfach stehen, fuhr mich dann noch mit Ihrem Auto bis zu mir nach Hause, ließ mich aussteigen (womit sich mein Anbaggern auch erledigt hatte) und ward nie mehr gesehen. Aus dem Auftritt bei dem Burg-Open-Air ist selbstredend nie etwas geworden.

Während all dieser Vorkommnisse arbeitete Sigi übrigens auch an seiner „Solo-Karriere". Im Mai 2004 spielte er daher einen seiner berüchtigten „unplugged"-Auftritte: Im Cafe „Alt-Hietzing" in Wien 13 gab er an einem Samstag Abend „die größten Hits der 60er und 70er" zum Besten. Ich war als einziger seiner ZOFF-Band-Kumpane anwesend. Für mich speziell spielte Sigi Led Zeppelin's „Tangerine" (einer meiner Lieblingssongs vom legendären „Dreier"-Album der Zeps aus dem Jahr 1970) – sehr ambitioniert, doch auch grenzwertig, was das Stimmvermögen von Sigi anbelangte. Die meisten Leute im Publikum blickten irritiert drein. Bei „Bad Moon Rising" schrie einer der anwesenden, der mit seinen zum Zopf gebundenen Haaren wie ein Biker aussah: „Au weh!". Er hielt sich die Ohren zu und begab sich demonstrativ auf die Toilette. („Bad Moon Rising" ist übrigens einer der fröhlicheren Songs von CCR und deren Gitarrero John Fogerty, und stammt aus der Woodstock-Zeit, viel besser gefiel mir ja „Sweet Hitch Hiker", das bis Mitte der Siebziger Jahre noch in den Charts präsent war, doch das nur so nebenbei…)

Zurück zu Sigi: Nach der früher als geplant angesetzten „kurzen Pause" verzichtete Sigi auf den zweiten Teil des Sets. Er widmete sich vorzeitig seiner Gage, nämlich den Gratis-Bieren. Seine Freundin Nina, die etwas später gekommen war, errette uns aus diesem Desaster und organisierte ein Taxi. Andernfalls hätte unser Wegkommen vom Cafe „Alt-Hietzing", das irgendwie den Charakter einer Flucht hatte, möglicherweise problematisch geendet. Nachher gestand Sigi mir kleinlaut ein, dass ihm dieser „Auftritt" peinlich gewesen war. Er sah ein, dass die 60er und 70er längst vorbei seien, wir im hier und jetzt lebten usw. Er würde sich ab jetzt nur noch auf ZOFF konzentrieren...

Nach Wochen des Probens und Plauderns über unsere große Zukunft war es dann an der Zeit, dass wir die Bretter, die bekanntlich die Welt bedeuten, entern sollten. Für den ersten Gig mit ZOFF hatte ich das „e.t.c.", mein Stammlokal, auserkoren. Das „e.t.c." in der Laudongasse war gewissermaßen mein Wohnzimmer, befand es sich doch im Nebenhaus meines Wohnhauses. Von dort konnte ich zu jeder Tages- und Nachtzeit sozusagen trockenen Fußes heimkehren. Mit dem Reinhard, seines Zeichens Geschäftsführer vom „e.t.c." (leider weilt er nicht mehr unter den Lebenden), vereinbarte ich also unsere Live-Premiere. „Zahlen kann ich Euch natürlich nix..." hatte er gesagt, „dafür könnt's Essen und Trinken so viel Ihr wollt's, und nachher mit dem Hut absammeln gehen..." So lief das halt, wenn „man" ein „Newcomer" war. Als Termin vereinbarten wir den 3. Juni 2004 – welch denkwürdiger Tag sollte das werden!

2
„DER GEHÖRT AUF DIE BÜHNE ODER IN DIE KLAPSMÜH-LE!"
(Joe Eden)

Im Hinterzimmer des „e.t.c." befanden sich an die dreißig „geladene" Gäste. ZOFF hatten den Soundcheck mit Hindernissen überstanden. Zuerst mal war der Andi fast eine Stunde zu spät gekommen, dann kannte sich keiner von uns mit dem völlig desolaten Mischpult des Lokales aus. Irgendwie koppelte das Gesangsmikrophon, egal was wir auch versuchten. Sigi zischte zwecks „Atemübungen" irgendwelche grauenvollen Töne ins Mikrophon, worauf die Besitzerin des „e.t.c." fluchtartig den Raum verließ. Ich entschuldigte mich später bei ihr und spendierte ihr den einen oder anderen Metaxa, da ich es ohnedies schon die längste Zeit darauf angelegt hatte, mit ihr anzubandeln...

Schließlich legten wir los: Ein gewaltiger Tusch, dann der erste Song „Ergo A there Go". Sigi's Mutter saß im Auditorium. Sie rief noch während Sigi's ersten Gitarren-Solos: "Sigi, es ist so schade um Eure schönen Texte – man versteht nichts..." – darauf Sigi: „Gusch!". Bei der zweiten Nummer wagte sein Freund Franz Gutmann zu rufen „Ihr seids zu laut!", darauf Sigi: „Geh Scheissn!", Franz ging beleidigt hinaus an die Bar.

In Wahrheit war der ganze Soundcheck ad absurdum geführt worden. Sigi hatte das „I feel like Jimi Hendrix"-Syndrom bekommen, und kaum, dass wir begonnen hatten, seine Gitarre und den Amp bis zum Anschlag aufgedreht. Er war lauter als alles andere im Raum, lauter vor allem, als der Musik gut tat.

Dieser Gig gehörte sicher nicht zu unseren, vor allem aber auch nicht zu meinen Glanzleistungen. Zum Einen lag von Anfang an eine böse Stimmung zwischen Sigi und Andi wegen dessen Zu-spät-kommen in der Luft, und ich hatte diese nicht gut verdaut. Einer der Kellner vom „e.t.c." war schon um Achtzehn Uhr beim Soundcheck ein wenig „erfrischt" gewesen, er war aus diesem Grund unabsichtlich über mein Gitarrenkabel gestolpert. Dadurch wurde das Kabel aus der Buchse von meinem Bass gerissen, wodurch derselbe nachhaltig beschädigt wurde - die Reparatur würde mich eine Stange Geld kosten...

Die von mir persönlich eingeladenen Freunde erlebten meine Rückkehr auf die Bühne nach mehrjähriger Pause mit einem lachenden und einem weinenden Auge.

Ich musste mir nachher Dinge anhören wie: „Such' Dir eine andere Band, oder zumindest einen anderen Sänger!" Mein Freund und Musikerkollege Joe war eigens für diesen Event aus Salzburg angereist. Er sagte nach dem Konzert: „Der Sänger ist der Knackpunkt. Er polarisiert – der gehört entweder auf die Bühne oder in die Klapsmühle..."

Wie wahr!

Ein paar Tage später fand in meiner Wohnung eine „Lagebesprechung" statt. Ich lernte an diesem Tag erstmals Sigi's Mutter näher kennen. Sie führte das große Wort, während ich den Schriftführer machte. Tim hielt sich merkwürdig zurück, Andi und Sigi nickten zu allem stumm und verloren immer mehr die Konzentration. Ich hatte den Fehler gemacht, für einen entsprechenden Vorrat an Bierdosen zu sorgen...

Sigi's Mutter war eine opulente Erscheinung von bestimmendem Wesen. Sie hatte gewisse Tendenzen, sich als die Mutter der Band zu fühlen und das Management zu übernehmen. Tim hatte mir im Vertrauen schon berichtet, dass er ihre Fähigkeiten sehr wohl zu schätzen wusste, aber nicht in allem mit ihr übereinstimmen würde.

Immerhin brachte diese Besprechung die für alle gemeinsame Erkenntnis, dass bis zu unserem nächsten Auftritt in einem Monat im „Davis" noch viel zu tun sei. Das betraf nicht nur die Musik und die Performance derselben, sondern auch die Werbemaßnahmen. „ZOFF, die böseste Form der Gewissenlosigkeit" spielten „blues-infizierte Rockmusik mit deutschen Texten" – diese Botschaft musste in alle Welt hinausposaunt werden, auf dass unsere Karriere ins Rollen komme! Sigi's Mutter würde uns bei den Presse-Aussendungen für allfällige Ankündigungen in Zeitschriften wie dem „FALTER" helfen. Tim hatte im Vorfeld Flyer drucken lassen, denn es waren insgesamt vier Konzerttermine fixiert worden. Der Auftritt im „Davis" in Wien 21., war der zweite unserer kurzen „Sommer 2004"-Tournee.

Sigi und Tim hatten im „Davis" letztes Jahr schon als Duo gespielt und wir wussten, dass es schwer sein würde, in diese entlegene Gegend Leute zu locken – das „Davis" lag nämlich am Rande der Stadt in der

Großfeldsiedlung. Also ging es darum, vor allem im 21.Bezirk fleißig Flyer zu verteilen. Auch am Donauinselfest, das eine Woche vorher stattfinden würde, musste geflyert werden.

Wir hatten die Aufgaben klar aufgeteilt: Tim flyerte in den Lokalen in Gürtelnähe, Andi und ich am Donauinselfest, Sigi bei ihm zu Hause in Transdanubien. Das Wochenende des Donauinselfestes war wie so oft verregnet. Trotzdem kämpfte ich mich tapfer durch die matschigen Wiesen und versuchte, so viel Flyer wie möglich an den Mann und (vor allem) an die Frau zu bringen. Der Andi war bei der Ega-Bühne hängen geblieben, denn er hatte dort ein Mädchen kennengelernt. Er war also an diesem Tag keine große Hilfe für mich...

Immerhin wurde ich für meine Mühen zu später Stunde noch durch ein grandioses Konzert der „Classic Whitesnake"-Formation mit Mickey Moodie, Bernie Marsden und Neil Murray belohnt, wobei sich wieder mal zeigte, dass auch die großen Bühnen soundtechnisch ihre Meriten haben, insbesondere die Planet-Bühne schien nicht von gutem Bühnensound gesegnet zu sein. Neil Murray deutete während der ersten Hälfte des Auftrittes ständig mit dem Finger nach oben, um zu signalisieren, dass er sich nicht im Monitor hörte. So hatten also auch die internationalen Bands ihre Probleme…

Zwei Tage später, an einem Montag um 11 Uhr - ich war gerade bei meinem Chef in einer Besprechung, schließlich hatte ich ja einen „Brotberuf" um von etwas zu leben, von der Musik ging das nicht - es ertönte der Gong der Rundrufanlage und sodann die rachitische Stimme der Telefonistin, die meinen Namen rief: „Melden Sie sich bittääh – Telefon für Sie!!!"

Es war der Sigi: „Hallo, hast' grad Zeit? Könntest Du mir helfen, die Flyer in der Großfeldsiedlung zu verteilen?" – Ich darauf entgeistert, denn darauf war ich nicht gefasst: „Du, ich ARBEITE unter Tags, das weißt Du doch, ich bin jetzt grad im Büro, und ich kann jetzt nicht weg" – „Ah so, ich dachte nur. Na gut, kein Problem. Tschau!" – Weg war er, er hat wohl die Flyer alleine in der Großfeldsiedlung ausgeteilt, keine Ahnung. Vielleicht ist es ihm auch zu blöd geworden und ein großer Teil ist in irgendeinem Mistkübel gelandet – ich hätte ihm sowas zugetraut, aber was soll's!

Nur so nebenbei hatten wir den Monat zwischen den beiden Auftritten natürlich auch für Proben genutzt. Es gab ja, wie gesagt, viel zu tun. Vor allem Sigi wurde immer wieder nachdrücklich angewiesen, nur ja nicht wieder seine Gitarre zu laut aufzudrehen.

Ich spielte bei den Proben auf meinem alten Fender-Precision-Bass, während die Kabelbuchse auf meinem „Alembic" von einem Gitarrenliebhaber des Hauses „Stelzhammer" repariert wurde (Leider ist dieses Musikaliengeschäft bereits Geschichte). Zwei Tage vor dem nächsten Gig konnte ich den Bass abholen – Glück gehabt!

Samstag 3.Juli, der Tag unseres Auftrittes im „Davis", war angebrochen. Es war ein wunderschöner Sommertag. Jeder vernünftige Mensch war im Bad oder in einem schattigen Garten beim Grillen, kein Mensch war allerdings in der Großfeldsiedlung beim „Davis". Wir waren, nachdem Sigi den Gig ausgemacht hatte, gemäß seiner Anordnung alle um 18 Uhr beim Lokal, dort war allerdings gähnende Leere. Neben dem Eingang hing ein Zettel mit der Aufschrift „ZOFF – blues-infisizierte (sic!) Rockmusik" – aha! Sie hatten also unseren Presse-Info-Text verwendet und nahmen es halt mit der Rechtschreibung nicht so genau. Ebenso gab es aber neben dem Eingang auch ein Schild mit den Öffnungszeiten des Lokales. Ich hatte mir das gleich gedacht: Vor halb Acht war da niemand. Ärgerlich holte ich den Sigi her und zeigte ihm das Schild: „Ich dachte, Du hast das ganze ausgemacht? Wieso müssen wir um sechs da sein, wenn die erst um halb Acht aufsperren?" – „Weil der Andi sonst wieder zu spät kommt..." Aha, das war's. Oder hatte der Sigi wie so oft ganz einfach nicht richtig zugehört, als er mit dem Wirt des Lokales telefoniert hatte? Wer weiß...

Irgendwann, so ca. um Viertel acht, durchbrach das Geräusch eines herannahenden Autos die Stille, die über der verschlafenen Großfeldsiedlung lag. Jetzt ging es aber Schlag auf Schlag: Erst kam der Wirt und mit ihm eine Tontechnikerin. Wir konnten mit dem Aufbauen und dem Soundcheck beginnen. Nebenan im Haus der Begegnung begann aber nun gerade zeitgleich ein multikulturelles Event, das offenbar viel mehr Besucherinnen und Besucher anlockte als unser Auftritt im „Davis". Dieses hatte übrigens seinen Namen nicht, wie Sigi mir zuvor erklärt hatte, vom Kinks-Sänger Ray Davies (sic!), sondern selbstredend, wie die Bühnen-Deko erläuterte, von Jazz-Legende Miles Davis. Anyway, die sehr kompetente Tontechnikerin hatte nicht nur die Anla-

20

ge sondern auch die Gitarrenamps im Griff. Somit war Sigi's Dezibel-Eskapaden diesmal ein Riegel vorgeschoben. Wir wollten hier auch einen Live-Mitschnitt machen, das würde 20 Euro extra kosten, dann hätten wir vielleicht Material für eine Live-CD, auf jeden Fall aber Demo-Material oder zumindest eine Ist-Zustands-Bestimmung. Es war 21 Uhr, außer uns Musikern waren im Lokal ein Wirt, eine Kellnerin und besagte Tontechnikerin. Franz Gutmann hatte abgesagt, er war noch immer wegen dem Vorfall im „e.t.c." beleidigt. Dafür tauchte aber der Joachim, ein Freund von Tim auf, um ein paar Fotos zu schießen. Irgendwann fanden sich an einem Tisch ein paar Leute – „Stammpublikum" des Lokales aus der Großfeldsiedlung – ein. Sie hatten immerhin ein paar wohlwollende Worte zu unserem Soundcheck geäußert und wollten lieber uns zuhören als der „Tschuschenpartie" im Haus der Begegnung nebenan, so deren herbe Worte...

Mehr oder weniger pünktlich fingen wir an, es würden kaum noch mehr Leute kommen – so spielten wir im „Davis" vor sieben zahlenden Zuschauern.

Verglichen mit der Premiere im „e.t.c." vor einem Monat legten wir im „Davis" ungeachtet des mangelnden Publikumsinteresses einen fulminanten Auftritt hin, möglicherweise den kompaktesten und tightesten, den ZOFF je gespielt haben (was übrigens für unsere professionelle Einstellung spricht).

Die mitgeschnittene CD dokumentierte dies in anschaulicher Weise, die 20 Mäuse waren eine gute Investition gewesen. Langsam kamen die Dinge ins Rollen. Tim beauftragte einen Freund, mit der Erstellung einer ZOFF-Homepage zu beginnen. Die Live-CD würden wir bei unseren Konzerten unter dem Titel „Raubkopie – Live 2004" verkaufen, der berühmte „Durchbruch" war somit schon zum Greifen nahe!

3
„SEX AND DRUGS AND ROCK'N'ROLL"
(Ian Dury)

,Er lernte sie nach einem Auftritt kennen, nach einer dieser Shows in einer dieser Bars. Er hatte „Girl from Ipanema" ins Mikrophon gesäuselt und sie dabei ständig mit seinen Augen fixiert. Sie hieß Francoise und war das pure Luxusgeschöpf, sozusagen der Fleisch gewordene Traum eines jeden Mannes, die klassische Vorzeige-Frau für den smarten Typen. Ihre langen Wimpern und das Make-up waren tadellos, das Rot ihrer Fingernägel passte perfekt zu ihren roten High Heels. Sein Anzug passte nicht ganz so perfekt und unterstrich gerade mal seine Lässigkeit. Mit eben dieser Lässigkeit hatte er sie rumgekriegt, ihr an der Bar einen Cocktail spendiert und dann ein Taxi gerufen. Ins Hotelzimmer ließ er vom Zimmerservice eine Flasche Sekt bringen. Während er den Korken knallen ließ, musterte er anerkennend ihre Formen, die sich unter dem engen schwarzen Kleid abzeichneten. Sie kicherte, als er sich an den Spaghetti-Trägern des verführerischen Stückes Stoff zu schaffen machte, bis es schließlich zu Boden glitt. In ihrer schwarzen Unterwäsche sah sie wirklich zuckersüß aus. Er spielte ein wenig mit den Riemchen und Schleifchen ihres Korsetts. Sie stöhnte dabei leise auf: „Ah, ja, ich will Dich, jetzt..." Er entkleidete sie und seine Hände glitten zärtlich über ihre perfekten Rundungen abwärts zum Zentrum ihrer Wonnen. Sie nestelte an ihrem String-Tanga und entledigte sich schließlich dieser letzten Barriere ihrer Lust. Er begann, sie leidenschaftlich am ganzen Körper zu küssen. Sie schrie auf: „Ja, ja! Komm schon, gib's mir!" Da gab es für ihn kein Halten mehr und er steckte seine Zunge zwischen ihre Schenkel...'

Sigi wurde durch mein Klopfen an der Wohnungstüre beim Studium seiner neuesten Weiterbildungs-Lektüre gestört – „Rockstars X-Posed in Privacy", natürlich mit anschaulichem Bildmaterial auf Hochglanz-Papier!

Mit hochrotem Kopf öffnete Sigi die Tür. Ich holte ihn zur Probe ab und es gab da noch etwas zu besprechen. Er meckerte nämlich schon die längste Zeit rum, dass ihn ZOFF nur Geld koste, und wollte wissen, wann denn nun endlich der große Reichtum eintrudeln würde. Ich musste ihm nun erklären, dass wir ja schließlich alle nicht von der Musik leben konnten. Wir investierten in unsere Musik, in der Hoffnung oder zumindest mit der Vision, dass wir eines Tages Headliner im Madison Square Garden sein würden – und wenn schon nicht das, dann dass wir zumindest in der Wiener Stadthalle als Vorgruppe der Christl Stürmer spielen könnten (Anmerkung: Die Zweitplatzierte bzw. heimliche Siegerin des TV-Nachwuchs-Wettbewerbes „Starmania" war zu dieser Zeit Österreichs angesagtester Act und im Begriff, in die „Oberliga" aufzusteigen, sprich im benachbarten Ausland auf Tour zu gehen). Es war nun um diesem Ziel näher zu kommen auf jeden Fall allerhöchste Zeit, dass Sigi neue Gitarrensaiten aufspannte, weil sich sein Teil laufend derartig verstimmte, dass sich die ganze Band zeitweise schlicht und ergreifend FALSCH anhörte. Wir fuhren also vor der Probe noch in ein Musikgeschäft. Es endete wieder einmal damit, dass ich mit meiner Kreditkarte nicht nur meine Bass-Saiten sondern auch Sigi's Gitarrensaiten löhnte, wofür er mich „bei Gelegenheit" auf ein Getränk einladen würde. Ich bezahle grundsätzlich alles mit Kreditkarte. Der Vorteil besteht darin, dass der Rechnungsbetrag zumindest einen Monat später vom Konto abgebucht wird, vielleicht sogar hin und wieder überhaupt nicht, so meine Hoffnung...

Zurück zu ZOFF: Kurz darauf fand unser nächster Auftritt in meiner „alten Heimat" Purkersdorf statt. Mein langjähriger Freund Manfred (ein guter Freund und langjähriger Weggefährte, der leider ebenfalls nicht mehr unter uns ist) betrieb dort einen rührigen Kulturverein, dieser veranstaltete im örtlichen Jugendzentrum ein Konzert, bei dem wir spielen sollten. Manfred war schon bei unserem ersten Gig im „e.t.c." dabei gewesen, und oh Wunder! Er war von Sigi echt begeistert, hielt ihn für einen sehr begabten Sänger. Am Rande sei erwähnt, dass Manfred mit Rock-Musik eigentlich nix am Hut hatte. Er hielt die Johnny Cash-Version von „Ring of Fire" für gelungener als jene von Eric Burdon... (Dieses Lied komponierte die spätere Ehefrau des amerikanischen Country-Heroes Johnny Cash, nämlich June Carter im Jahr 1962, doch was dem Song fehlte, war das Abdriften ins Jenseitige, und das kam erst mit Eric Burdon anno 1968).

Na ja, vielleicht wollte mir der Manfred auch nur einen Gefallen tun. Kurz hatten wir nämlich nach dem Scheitern unserer jeweiligen Beziehungen gegen Ende 2003 gemeinsam eine WG bewohnt, nun zeigte er sich für meine damalige Hilfe erkenntlich. Christiane, seine neue Freundin, hatte wirklich ausgezeichnete Band-Fotos geschossen und Plakate drucken lassen. Der Event in Purkersdorf war denn auch bezogen auf die Zuschauerzahlen unser erfolgreichster. Der Weg dorthin war aber wie so oft mit Hindernissen gepflastert. Zunächst einmal musste die Werbetrommel gerührt werden.

Ich ging höchstpersönlich plakatieren, das heißt, in allen Wirtshäusern des Bezirkes Purkersdorf und Umgebung (und ich kenne dort sehr, sehr viele) musste ich Plakate aushängen, damit ging ein ganzes Wochenende drauf. Leider war der Manfred genau eine Woche vor dem Gig auf Urlaub gefahren. Das Problem war nun, dass im Purkersdorfer Rathaus niemand etwas von einer „angemeldeten Veranstaltung" wissen wollte. Dies bedeutete, dass mir die offiziellen Litfass-Säulen und Plakatständer der Stadtgemeinde als Werbemedium verwehrt waren. Hier trat nun mein Bruder Heinz hilfreich auf den Plan, und erledigte die Geschichte unbürokratisch. Er verbrachte mit dem zuständigen Gemeindearbeiter einen Abend im Wirtshaus und überzeugte diesen im Zuge einer Kartenpartie davon, dass die Plakate am nächsten Tage achiffiert werden mussten. (Anmerkung: Beim sogenannten „Schnapsen" war Heinz ein Weltmeister, er hatte dabei schon ein Ferkel, einen Kühlschrank und etliches anderes gewonnen, keiner konnte ihm da an...)

So traf ich am Veranstaltungstag als „Leader of the Gang" mit einem Hochgefühl in Purkersdorf ein und erfreute mich am Anblick unserer Visagen, die uns von allen Plakat-Flächen angrinsten. Der Veranstaltungsort befand sich indessen in einem einigermaßen desolaten Zustand. Das Dach der Blechbaracke, die als „Saal" des Jugendzentrums angepriesen wurde, hatte ein Loch und wir wateten durch eine Pfütze Regenwasser zur Bühne. Für den Techniker hatten wir selbst sorgen müssen. Es war ein gewisser „Brösel", der uns durch einen Schauspielkollegen von Sigi vermittelt worden war und pünktlich und mit komplettem Equipment eintraf. Dafür war aber vorort gerade mal jemand damit beschäftigt, Starkstrom-Verlängerungskabel zu suchen, die „zu Ferienbeginn weggeräumt" worden waren. Anyway – irgendwann gab's trotz lebensgefährlicher Bedingungen Strom (die Strom-Kabel lagen nämlich auch im Wasser), wir machten den Soundcheck und dann hieß es warten. Unser Support-Act, ein örtlicher Liedermacher, war „krankheitshalber" ausgefallen, das heißt er lag betrunken zu Hause in Agonie – kein gutes Omen! Ob wegen uns Nobody's aus Wien jemand kommen würde?

Die Leiterin des Jugendzentrums stellte bei unserem Eintreffen übrigens gerade den Plakatständer raus vor die Tür, damit hatte auch sie ihren Teil zur Werbung beigetragen...

Glücklicherweise war aber das ganze Spektakel als ein „Multi-Kulturelles Multi-Event" (!) auch durch Mundpropaganda beworben worden, das mit einer Ausstellung und dem Vortrag eines Experimental-Literaten eröffnet werden sollte. Dieser junge Mann brachte einiges an Fan-Base mit, unter anderem auch einen ansehnlichen weiblichen Anhang, den ich schwungvollerweise mit „Hereinspaziert alle miteinander!" am Garten-Tor des Jugendzentrums persönlich begrüßte. Leider hatten die Gören vor allem am Andi einen Narren gefressen, doch davon später...

Es waren letztlich über fünfzig Leute anwesend, somit eröffnete der Herr Bürgermeister höchstpersönlich und pünktlich die Veranstaltung. Er begrüßte mich als den „heimgekehrten verlorenen Sohn", der einst mit „Schüttelfrost", den örtlichen Lokalmatadoren, gespielt hatte. Duggy, deren (leider mittlerweile bereits verstorbener) Schlagzeuger, der mir ein Freund aus eben jenen Blues-Rock-Tagen geblieben war, machte für uns eine lautstarke Introduction-Ansage, die Ozzy Osbourne zur Ehre gereicht hätte: „Alriiight! Do You Wanna Rock'n'Roll ???!!!"

(Anmerkung: Die Shows von Black Sabbath-Sänger Ozzy Osbourne, den Duggy und ich verehrten, waren Inszenierungen, die bis hin zu fragwürdigen Höhepunkten wie dem Kopf-Abbeißen von Tieren aller Art beinahe jedes Horror-Klischee bedienten. Nach dem tragischen Unfalltod von Gitarrist Randy Rhoads im Jahr 1982 war jedoch der Zenith in Ozzy's Karriere erst mal erreicht, ein letzter Höhepunkt war das Album „No more Tears" (1991). Ozzy's Ehefrau Sharon hatte anno 2001 den genialen Einfall, ihr Familien-Leben im Rahmen einer Fernseh-Soap der Öffentlichkeit [und ihren Mann der Lächerlichkeit] preis zu geben – andernfalls hätte sich das Album „Down To Earth" wahrscheinlich genauso schlecht verkauft wie seine Vorgänger...)

Nach Duggy's Introduction ging's also in gewohnter Manier los! Tontechniker „Brösel" hatte sich bei mir bereits vor dem Konzert sehr beliebt gemacht und den Leuten die Wartezeit mit Musik aus der Konserve von Jestofunk und Ike and Tina Turner (erinnert sich noch wer an „Baby Get it On"?) verkürzt, sodass die Stimmung schon zu Beginn unseres Auftrittes sehr gut war. Schon während der ersten Songs des Konzertes fiel mir eine Rothaarige auf, die etwas abseits stand und zu unserer Musik tanzte und shakte. Das wieder wirkte sich natürlich auf unsere Spielfreude aus. Im Song „Bulimie" hatte mein Bass-Solo seinen festen Platz. Ich war an diesem Tag besonders gut unterwegs, Leute wie mein Bruder und die Fans aus alten Tagen zollten mir nachher ihre Anerkennung, und nicht nur wegen des Bass-Solos. So war es eben in Purkersdorf: Ich spielte irgendeinen Gummi und die Leute waren außer Rand und Band!

Sigi's Freund und Schauspielerkollege Mandi, der uns so nebenbei den Tontechniker verschafft hatte, schrie ständig „Bravo! Bravo!" und tanzte wie verrückt. Mandi war übrigens ursprünglich für ZOFF als Drummer vorgesehen gewesen, hatte aber glücklicherweise zu diesem Zeitpunkt (wie fast immer) keine Kohle gehabt, um sich ein Schlagzeug zu kaufen - somit blieb ihm eine unnötige Investition erspart. Mandi konnte selbstredend auch gar nicht Schlagzeug spielen, er hielt sich aber für einen guten Mundharmonika-Spieler und für einen noch besseren Musical-Darsteller. Dieser Mandi drängte sich also beim Tanzen ständig an besagte Rothaarige. Sie gab sich unterdessen nicht nur der Musik, sondern auch etlichen Bieren hin, und war nach unserem Auftritt (es wurde immerhin sogar eine Zugabe, die berühmte „Rathausnummer" mit dem peinlichsten aller Refrains, nämlich „Sex im Rathaus", akklamiert) einigermaßen hinüber. Draußen an der Bar ließ sie Tim Trash lautstark wissen, dass sie von ihm unbedingt ein Kind wollte. Unterdessen waren der Andi und ich noch mit dem Abbauen unseres Equipments beschäftigt, und blödelten dabei mit zwei Mädels rum, die unbedingt dem Andi ein paar Teile seines Schlagzeuges entwenden wollten, wohl um seine Abreise hinauszuzögern. Irgendwie kam da aber nix ins Laufen und so flüchtete ich an die Bar. Die beiden Volksdeppen Sigi und Mandi wollten gerade einen Wuzzler (Anmerkung: Ein Tischfußball-Spiel) als Aufriss-Vehikel benutzen: Sie spielten gegen zwei Purkersdorferinnen und johlten und grölten bei jedem Tor lautstark „Sieg! Sieg!"

Was machte ich hier noch? Ich würde mein Heil wohl einmal mehr im Alkohol suchen, und verfügte mich daher ins nebenan befindliche Bier-Pub, einst mein Stammlokal nach den Proben mit Schüttelfrost. Wie eh und je lehnte an der Bar eine illustre Gesellschaft von Typen der Marke „jung, dynamisch und erfolglos". Ein Zettel mit der Telefon-Nummer des Oberkellners und dem Text „bei Hasenalarm bitte anrufen" war neben der Kaffeemaschine angebracht. Alles beim Alten also! Ich war kaum dort eingetroffen und akklimatisiert – Rums! Da flog die Türe auf und die Rothaarige, sie hieß übrigens Regina, stürzte auf mich zu. Sie erklärte mir überschwänglich, dass sie mich an meiner gestreiften Hose wiedererkannt hätte (ich hatte natürlich immer noch mein Bühnendress an). Die folgenden Stunden vergingen in einer Grauzone zwischen flirten und den Überlegungen, ob es sinnvoll sei, mit ihr noch in die „Camera" zu fahren. Mandi hatte sich an Jasmin, die blonde Freundin von Regina, herangemacht und schwadronierte in nasalem Ton von seinen diversen Schauspielrollen. Kommende Woche hatte er die Premiere in einem Musical, wo er mit einer TV-Talkshow-Edelzicke auf der Bühne stehen würde. Darauf bildete er sich nämlich mächtig was ein. Er gestikulierte heftig bei seinen Schilderungen, dann ging er ganz nah an Jasmin ran und flüsterte ihr ins Ohr: „Ich habe mich für eine Filmrolle beworben. Demnächst spiele ich den Spiderman!" Ach ja!

Sigi lungerte neben mir an der Bar und stützte sein schweres Haupt auf seine rechte Hand. Hin und wieder warf er mehr oder weniger sinnlose Bemerkungen in unsere Unterhaltung ein. Regina fand ihn „wirklich lustig"…

Ich blieb in dieser Nacht letztlich alleine und auch einigermaßen nüchtern, da ja irgendwie das gesamte Equipment nach Wien verschafft und in meine Wohnung geräumt werden musste, die in diesen Tagen den Charakter eines Musikalien-Depots hatte. Sigi und Mandi, das Duo Infernal, würden den Abend wohl nicht so unbeschadet überstehen, obwohl Sigi's Mutter, die auch angereist war, ein wenig über „die Buben" wachte, doch darüber möge die Chronik schweigen...

Immerhin hatte dieser Auftritt unsere Reputation gestärkt. Wir hatten satte 100 Euro Fixgage eingesteckt, wovon Sigi am übernächsten Tag natürlich sofort seinen Anteil einforderte. Wenn es ihm nicht aus „gesundheitlichen" Gründen unmöglich gewesen wäre, hätte Sigi sicherlich gleich am nächsten Morgen angerufen, dessen bin ich mir sicher. Tim und ich hätten ja lieber den gesamten Betrag in die Bandkassa gelegt, aber Sigi hatte darauf bestanden, dass er zumindest 20 Prozent der Gage erhalten würde...

Eine Woche später spielten wir im Cafe „Sabrina". Diese Location zu bespielen gehörte damals zum guten Ton, jeder Newcomer musste da durch. Für die Termine mussten die Bands Schlange stehen, dafür kostete das Spielen dort nichts (!), nicht einmal der Tontechniker kostete etwas. Selbiger war aber dafür an jenem Sonntag sicherheitshalber gar nicht anwesend. Das Konzert stand sowieso unter keinem guten Stern: Es war Sonntag Abend, es hatte an die dreißig Grad im Schatten gehabt, im Fernsehen lief Fußball und parallel dazu irgendein Schrott mit Starmania-Moderatorin Arabella Kiesbauer – welche Kids würden da wohl auf der Gürtelmeile flanieren, um eine unbekannte, nicht mehr ganz junge Deutschrock-Band zu sehen?

Sigi hatte mir beim Verladen des Equipments geholfen und im Cafe Merkur bei mir im Achten Hieb schon zwei Biere „gegen den Durst" getrunken. Nun war im „Sabrina" unglücklicherweise sein Vater als Gast angesagt, zu dem Sigi ein noch ambivalenteres Verhältnis als zu Tim unterhielt. Sigi's Familienverhältnisse waren sehr kompliziert, sein Vater war ein echter Ungustl, der einst seine Familie im Regen stehen gelassen hatte und die Welt bereiste und sein Leben genoss. Und genau dieser Ungustl spendierte uns in gönnerhafter Weise ein paar Biere „als Aufmunterung, weil wir in so einer grindigen Location spielen mussten". Der hatte nix begriffen! Tim und ich kämpften zu allem Überfluss wieder mal mit der Anlage eines Lokales. So laut wir die Regler auch aufdrehten, aus den Boxen kam nur gedämpftes Rauschen und ansonsten kein Ton. Da wie gesagt kein Techniker anwesend war, waren wir auf die Hilfe der Kellnerin angewiesen. Sie stammte wie so oft aus einem östlichen Nachbarland und war wie so oft vom Chef des Lokales mit den Problemen des täglichen Lebens allein gelassen worden. Natürlich hatte sie keine Ahnung, wie die Anlage funktionierte. Sie murmelte nur: „Hier irgendwo muss Schalter sein…" Hilfreicherweise fiel es ihr dann doch noch ein. Mit den Worten „serr gutt" drückte sie den Hauptschalter der Anlage und mit gewaltigem Quietschen und Dröhnen begann die bis zum Anschlag aufgedrehte Endstufe sofort derartig rückzukoppeln, dass die Gläser in der Bar klirrten. Wir hofften inständig, dass die Lautsprecher-Boxen keinen Schaden abgekriegt hatten und begannen mit dem Soundcheck.

Unterdessen gab sich Sigi dem Saufen und Sinnieren hin. Von Stimmtraining war keine Rede, dafür waren die Texte vergessen, wir brachten mit der Anlage noch immer keinen g'scheiten Sound zuwege, und der Sigi kreischte more than ever anstatt zu singen.

Außer besagter Kellnerin und zwei Typen, die Billard spielten, war niemand im Lokal, so spielten wir den schlechtesten Gig unseres Lebens! Der Andi schwitzte sich die Seele aus dem Leib, Tim und ich versuchten zu retten, was nicht mehr zu retten war, und die berühmte „Laufkundschaft" des Cafe „Sabrina" blieb aus. Irgendwann rief der Sigi zu den zwei Billardspielern hin: „Wos is mit Eich Wappla, g'foits eich net? Kummt's her do!!!" Diese Ansage war nicht nur grenzwertig, sondern auch an der Grenze zur Selbstgefährdung. Wir hatten Glück, dass die zwei uns nicht von der Bühne prügelten und dieser Abend ohne weitere Vorkommnisse schnell beendet werden konnte. Ich denke, dass bei Tim hier erstmals wirklich der Faden gerissen ist. Ab jetzt war alles anders, ab jetzt musste alles anders werden!

Ein paar Tage später brachte ich dem Sigi seine Gitarre in seiner Wohnung vorbei, die er nach dem „Auftritt" im „Sabrina" vergessen hatte. Aufgrund der affenartigen Hitze lag er nur mit seinen Unterhosen bekleidet vor dem Fernseher und schaute einen Formel-1-Grand-Prix. Er war nicht alleine - seine im Geiste reine Nachbarin, die 65-jährige Ernestine, die an das geheime Wirken von Außerirdischen und Geheimagenten glaubte, saß völlig aufgelöst neben ihm. Sie trug eine Kombinesche, eine Art altmodisches Unterkleid, dessen Saum über ihre Knie hochgerutscht war. Ich will mir gar nicht ausmalen, was da vorgefallen sein mag...

Sigi hatte jedenfalls vom Gig eine gänzlich andere Wahrnehmung als wir anderen gehabt. Er beteuerte ständig: „Aber - ich habe doch gut gesungen!" Ich erklärte ihm, was ich von solchen Aktionen hielt – nämlich gar nix! Ich drohte ihm mit meinem Ausstieg aus ZOFF, wenn er noch einmal bei einem Gig besoffen war. Er sah mich völlig verdattert an...

Ehe ich jedoch meinen starken Abgang in Szene setzen konnte, hatte ich wieder einmal die Gelegenheit, mich von Sigi's schauspielerischen Qualitäten zu überzeugen: Ich hatte nämlich noch ein dringendes Bedürfnis zu erledigen. Sigi zeigte mir daher sein Örtchen, welches sich allerdings in einem ähnlich erbärmlichen Zustand befand wie der schon beschriebene Rest der Wohnung. Der WC-Papier-Halter war leer, wie sich herausstellte. Sigi verzog sein Gesicht zu einer traurigen Grimasse und schrie in Hamlet-Manier heraus: „Ich bin ja so ein Trottel! Jetzt hab' ich doch glatt vergessen, ein Klo-Papier zu kaufen!" Die Reste einer Küchenrolle, die aus ebensolchen Vintage-Tagen stammte wie Sigi's Plattensammlung, taten's dann auch. Sigi lebte eben den Rock'n'Roll, das musste man ihm schon lassen!

4
„EIFERSUCHT IST LEIDENSCHAFT, DIE MIT EIFER SUCHT,
WAS LEIDEN SCHAFFT"
(S.P.)

Der Sommer 2004 verging und jeder von uns ging seinen „Neigungen" nach. Nach dieser Episode war bei ZOFF nämlich eine „Spielpause" angesagt. Andi war mit einem Kumpanen in den Urlaub in einem türkischen All-Inklusiv-Club gefahren. Er verbrachte die meiste Zeit damit, erfolglos hinter den Animateurinnen her zu sein, wie ich seiner Ansichtskarte entnehmen konnte. Tim war umtriebig wie immer und arbeitete verbissen an seinen zahllosen Projekten, die nicht unbedingt nur mit Musik zu tun haben mussten. Tim war im Werbe- und PR-Bereich tätig und generell in multi-medialen Dingen talentiert. Meistens kam er mit drei bis vier Stunden Schlaf aus, was sich in seiner grauen Gesichtsfarbe widerspiegelte.

Sigi und ich nutzten ein freies Wochenende für einen Ausflug „auf's Land". Sigi war mit seiner „Mopette" unterwegs, was in seinem Fachjargon ein Kosewort für „Motorrad" war. Wir beide hatten ja den ewigen Streit, ob denn nun amerikanische oder japanische Maschinen besser wären. Ich bin von der Harley-Davidson-Fraktion und schimpfte den Sigi immer wegen dessen Vorliebe für die „Reiskocher", wie ich die japanischen Maschinen respektlos nannte. Ich war also mit dem Auto unterwegs, Sigi folgte mir auf seiner Yamaha. Früh morgens waren wir aufgebrochen. So ging's erst durch den Wienerwald, wo ich ja, wie schon gesagt, einige Gasthäuser kannte (Ich hatte Sigi mit der Aussicht auf hübsche Kellnerinnen gelockt), und dann weiter in's bergige Voralpengebiet auf kurvenreicher Strecke, auf dass Sigi mit dem Motorrad auf seine Kosten kam. Ich hatte Sigi versprochen, wir würden an diesem Tag jede Menge „Elfen" sehen. Immer wenn ich Sigi derartige Andeutungen machte, verzog sich sein Gesicht zu einem dämlich-dreckigem Grinsen, er lachte, als könne er nicht bis drei zählen und war mit Feuereifer dabei!

Unser Ziel war der Hubertussee im Mariazeller Land. Sigi erklärte ich, wir würden dort vielleicht Badenixen antreffen. Er rieb sich die Hände und lachte voller Vorfreude: „Oh Badenixen, das heißt, dieser – äh – Ausflug könnte ein interessantes Ende nehmen, wah?" Offensichtlich glaubte er, er könnte irgendwelche leicht geschürzte Landpommeranzen mit seiner Mopette beeindrucken usw. usf.

Als wir beim See eintrafen, war da aber gar nix los. Da das Frühjahr ziemlich verregnet gewesen war, stand der Wasserspiegel vom See sehr hoch. Ein paar Taucher in schwarzen Gummianzügen zogen ihre Kreise im Wasser bzw. im Randbereich über einer Grasfläche, die in besseren Zeiten, sprich in wärmeren Sommern, vielleicht eine Liegewiese für Badenixen gewesen wäre. Sigi war in seinem Übereifer mit dem Motorrad auf der abschüssigen Straße gleich fast bis ins Wasser gefahren. Mit Müh und Not konnte er sich im Retourgang wieder aus dem Ufermorast befreien, womit er schon erstes Gelächter von den Bänken des Ufer-Gasthauses erntete. Offensichtlich hatten einige Familien beschlossen, hierher einen Ausflug zu machen. Die zugehörigen Töchter saßen züchtig bekleidet in allernächster Nähe ihrer gestrengen Väter. Amüsiert beobachtete ich ein älteres Ehepaar und deren stylish gestylte Tochter, die sich nach der Jause offensichtlich daran machten, sich ein wenig die Beine zu vertreten. Die High-Heel-Shoes der schönen Prinzessin waren dazu klarerweise ungeeignet, doch gab sie ein Bild für Götter ab, als sie so durchs hohe Gras hinter dem Gasthaus stakste.

Ich konsumierte an solchen Orten ja am liebsten Kaffee und Kuchen und Sigi tat es mir gleich. Meine Verwarnung von unlängst von wegen Trinken nahm er sehr ernst, er hielt sich jetzt mit den Bieren zurück. An einem Tisch nicht weit von uns verschlang eine alte Dame ihre Torten, viel mehr interessierte mich aber deren hübsche Hauskrankenpflegerin. Diese hatte ein nettes Tattoo am verlängerten Rücken, und schien - soviel hatte ich schon mitgekriegt - aus der Slowakei zu stammen und sprach nur gebrochen deutsch. Sie erwiderte mein Lächeln ganz kurz und sehr scheu, anreden getraute ich mich sie dann aber nicht. Nachdem wir hier also punkto Frauen nicht wirklich erfolgreich waren, zogen wir bald wieder von dannen. Sigi gab auf seinem Motorrad gleich soviel Gas, dass der ganze Gastgarten in einer Auspuff-Wolke unterging. Das Geschimpfe der Leute konnte ich trotz geschlossener Fensterscheiben in meinem Auto hören, hier konnte ich mich also auch so bald nicht wieder blicken lassen...

Am nächsten Tag suchten wir Mayerling heim. Dort wurden wir vom Satan höchstpersönlich inspiriert, und das kam so: Wir waren wieder frühmorgens von Wien aus aufgebrochen. Diesmal hatte Sigi die Mopette zu Hause gelassen, denn er wollte unterwegs „wegen der Hitze" doch das eine oder andere Bier trinken (so viel zu seinen guten Vorsätzen). Die Sonne stach vom Himmel, schwüle Luft lag über dem Wienerwald und den satten grünen Wiesen. Wir waren gerade bei Alland von der Autobahn abgefahren und bogen die schmale Landstraße ein, die zum Alten Jagdschloss führte. Hier hatten einst Kronprinz Rudolf und sein G'spusi Mary Vetsera ihr Ende gefunden. Vor dem Hintergrund des steil aufragenden Peilsteines und anderer eindrucksvoller Wienerwaldberge eröffnete sich hier ein weites Tal. Über diesem Szenario braute sich ein Wetter zusammen, die dunklen Wolken am Horizont verkündeten nichts Gutes. Wir waren beim Alten Jagdschloss abgebogen und ich hatte mein Fahrzeug am Straßenrand geparkt. Ich hatte Sigi von in der Nähe befindlichen Reitställen vorgeschwärmt und von wunderschönen Reiterinnen, die hier vorbeikommen würden. Wir hatten außerdem im Auto eine Wander-Gitarre mitgenommen, weil in Sigi der Plan gereift war, vielleicht in der freien Natur ein wenig zu komponieren. Während wir also am Waldrand entlang schritten, summte der Sigi fortwährend diese seltsame Melodie, die ich im Auto schon die ganze Zeit vernommen hatte. Schließlich machten wir Rast auf einer Bank. Sigi begann auf der Gitarre zu spielen. Er hatte einen neuen Song für ZOFF komponiert: „Leidenschaft", die Geschichte eines Mannes, der unterwegs ist, seine ihn betrügende Frau und ihren Lover zu töten. Der Song war musikalisch zusammengestoppelt aus verschiedenen Elementen, die Übergänge waren etwas sperrig. Wir würden daran noch arbeiten müssen, aber das Ding war nicht uninteressant. Unterdessen öffnete der Himmel trotz Sonnenschein seine Pforten und ein Regenguss verpasste dieser Szene ein gespenstisches Ambiente. Ich erzählte Sigi, dass meine Großmutter mir einst erklärt hatte „der Teufel schlägt sein Weib, wenn es regnet und die Sonne scheint". Das gefiel Sigi, und er interpretierte sofort, dass wir offensichtlich vom Satan zu diesem Song inspiriert worden waren. Ich hatte ja prinzipiell nix zu diesem Lied beigetragen außer ein paar Kommentaren zu den Übergängen. Sigi hielt aber daran fest, dass auch ich wesentlichen Anteil an diesem Song aber auch prinzipiell am Gelingen von ZOFF hatte. Dies war also der erste Song, den Sigi mit mir gemeinsam komponierte.

Nachdem nach geraumer Zeit die von mir angekündigten schönen Amazonen vom nahen Reiterhof noch immer nicht vorbeigekommen waren, brachen Sigi und ich wieder in heimatliche Gefilde auf. Das Unwetter hatte sich verzogen, ein schöner Sommertag ging zu Ende...

An jenem Abend nun ging Sigi noch mit dem Franz Gutmann, mit dem er sich wieder versöhnt hatte, an der Alten Donau flanieren. Ich hatte die Einladung, sie zu begleiten, dankend abgelehnt, denn die geplanten Partys finden bekanntlich nicht statt – soll heißen, ein Abend mit dem Vorsatz „auf Aufriss" zu gehen, endet zumeist disaströs! Es kam, wie es kommen musste. Die zwei Cavaleros quatschten ein Mädel an, das auf einer Bank am Ufer saß und schlicht und ergreifend nur in Ruhe ein Buch lesen wollte. Es war dem Sigi gelungen, ihr die Telefon-Nummer zu entlocken. Er sagte: „...weißt eh, ich bin Schauspieler und Musiker – ich ruf' Dich an, wenn ich wieder auftrete..." Sie würde natürlich nie einen Anruf mit „unbekannte Nummer" entgegennehmen, und Sigi's Telefon-Nummer, falls sie am Display erschien, für alle Zeit mit „unerwünscht" abspeichern. Als beim Abschied der Franz sie aber auch noch um die Telefon-Nummer fragte, rastete Sigi völlig aus. „Wie kannst Du nur?! Dieses Querbraten kann ich überhaupt nicht leiden, das ist eine Frechheit! Und das von einem 'Freund' – Hah! Dass ich nicht lache!!!" So ging es über eine Stunde weiter auf dem gemeinsamen Heimweg der beiden, bis sich ihre Wege schließlich trennten. Der Sigi ging dann aber nicht heim, sondern tankte noch im Espresso „Biggy" ein paar Biere und schlich dann zu Franz's Wohnung, um dort auf der Straße mitten in der Nacht mächtig Radau zu schlagen: „Oaaschloch! Kumm ausse do, wann's Di traust..." Zirka dreißig Jahre zuvor hatte angeblich Jerry Lee Lewis einen ähnlichen Eklat vor der Villa von Elvis Presley geliefert – somit schloss sich der Kreis wieder!

Sigi lief in diesen Wochen etwas unrund, denn er hatte sich vor nicht allzu langer Zeit mit seiner Freundin Nina überworfen. Ich war Zeuge dieses Vorfalls geworden und das kam so: Eines Tages auf dem Heimweg von einer Probe in der U-Bahn rief Sigi Nina an. Alle Fahrgäste konnten, so wie ich, hören, was sie noch nie hatten hören wollen. Sigi wollte Nina mit folgenden Worten zu einem Stell-Dich-Ein bewegen: „Du, ich hätte jetzt grad Zeit und Lust, und außerdem Hunger. Ich könnte bei Dir zu Hause vorbeischauen, auf ein Essen oder so weiter...". Nina war jedoch gerade in der Arbeit schwer beschäftigt und konnte und wollte ihm nicht zu Diensten sein. Sigi wurde ärgerlich: „Du komm', sei jetzt nicht kompliziert!" Sie war jedoch auf ihrem Arbeitsplatz unabkömmlich, sodass Sigi das Gespräch abrupt beendete, nicht ohne vorher in den Raum zu stellen, dass er sich jetzt eben „um was anderes umschauen" werde, womöglich am Gürtel zu einer käuflichen Dame gehen müsse…

Sigi war also ständig auf der Jagd nach dem anderen Geschlecht, auch wenn er MICH des Öfteren scherzhaft ob meiner Leidenschaft für David Coverdale's Whitesnake den „Lovehunter" nannte (Anmerkung: „Lovehunter" war DAS klassische Whitesnake-Album aus dem Jahr 1979; Whitesnake spielten in diesen Jahren klassischen britischen Blues-Rock, der später „amerikanisiert" sprich haarspray-veredelt wurde, als das schon erwähnte Trio Moody/Marsden/Murray nicht mehr mit von der Partie war).

Ich arbeitete etwa zu dieser Zeit übrigens an einem weiteren neuen Song für ZOFF. Er sollte „Frei" heißen, und beschrieb mein augenblickliches Lebensgefühl. Die Schlüsselzeile lautete: „Die ganze Stadt ist mein Revier, und es gibt immer eine Fährte". Ich hatte den Text und eine Idee zur Melodie zu Papier gebracht, während ich an einem Sonntagmorgen draußen in Purkersdorf auf der Hochramalpe frühstückte. Ich liebte es hin und wieder, einfach raus zu fahren und meinen Bronchien nach durchzechten Nächten in mieser Beislatmosphäre frische Luft zu gönnen. Einige Tage später traf ich mich nun mit Tim, um dem neuen Song den Feinschliff zu geben. Tim hatte diese einzigartige Gabe, Songs zu schreiben, die ins Ohr gehen, die so einfach klingen, als hätte man sie schon x-mal gehört, und trotzdem keine Allerwelts-Harmonie-Abfolgen waren. Er konnte jedoch auch sehr gut mit meinen halbfertigen Song-Ideen etwas anfangen und ein fertiges Stück daraus machen.

Tim gefiel meine Song-Idee, und so trafen wir uns ein paar Tage später zu dritt im „t-On", um über weitere Schritte, unsere Karriere nach der kurzen „Sommer 04-Tour" und die neuen Songs zu diskutieren. Andi war ja gerade auf Urlaub und deshalb nicht dabei. Das war bereits der erste Kritik- und Streitpunkt. Sigi hatte nach wie vor einen Pick auf den Andi, weil er immer wieder mal irgendwohin zu spät kam. Er machte Andi zum Vorwurf, sich nicht voll für die Band zu engagieren und machte ihn bei jeder Gelegenheit runter. „Er ist zwar technisch ein guter Schlagzeuger, aber – irgendwie – äh- i wahss net..." so endeten meist Sigi's Kommentare, die von Tim's unwilligem Blick quittiert wurden.

Über die neuen Songs herrschte geteilte Meinung. Tim mochte mit „Leidenschaft" gar nix anfangen. Er nannte es „eine ungefällige und sinnlose Aneinaderreihung von nicht-zusammenpassenden Akkordfolgen", und „das konnte genau gar nichts", wie Tim so schön sagte. Sigi fand hingegen „Frei" zu brav und intonierte es bei der Probesession absichtlich sehr – na sagen wir „musical-like". Meine Refrainzeile „In der Stille der Nacht hat mich das Chaos ausgelacht!" ist ja wahrscheinlich wirklich ein wenig dazu geeignet, Pathos reinzulegen, aber hier zeigte sich, dass der Sigi einfach nicht wollte. Auch Tim wollte eigentlich nicht mehr. Die beiden konnten an diesem Punkt nicht mehr miteinander, das war spürbar. Ich stand in der Mitte zwischen den beiden und konnte in den folgenden Wochen und Monaten zwar einiges kitten, aber letztlich nicht verhindern, was passieren musste...

Am darauffolgenden Wochenende fand in Brünn ein Motorrad-Grand-Prix statt. Sigi nötigte seine Mutter anlässlich seines kommenden Geburtstages im September mit ihm dorthin zu fahren (Sigi war vom Sternbild Jungfrau, was er gerne verheimlichte, weil es nicht in eine Rock'n'Roll-Biografie passt). Er hatte unterdessen durch seinen Nebenjob als Taxler und Botenfahrer wieder eine neue Freundin kennengelernt. Sie hieß Zenzi, hatte blonde Zöpfe und war wohl keine Prinzessin, dafür aber brav und willig. Nach Brünn wollte Sigi sie aber nicht mitnehmen, da er das Brünner Nachtleben lieber alleine genießen wollte. Außerdem hatte er in einer Motorrad-„Fachzeitschrift" einige Bilder von heißen Boxen-Schönheiten in Hot-Pants erspäht und hoffte nun, solche in Brünn anzutreffen. Die genauen Vorkommnisse in Brünn sind mir nicht bekannt, Fakt ist aber, dass Sigi – wie und warum auch immer - auf der Zuschauertribüne zu Sturz kam und aus Brünn mit einem Gipsfuß heimkehrte. Natürlich bauschte er die Sache so auf, dass er sich „beim Motorrad-Grand-Prix eine Fußverletzung zugezogen" habe, so als habe er dort aktiv als Rennfahrer teilgenommen!

So erschien also Sigi mit Gipsfuß zur großen „Besprechung zur Lage der Nation", die Sigi's Mutter (wie wir schon wissen war sie unsere heimliche Managerin) anberaumt hatte. Andi – gerade zurück vom Urlaub - erschien braun gebrannt und erholt, Tim und ich sahen vergleichsweise müde und abgerackert aus. Bei mir lag's wohl am ungesunden Lebensstil, bei Tim war die Sachlage ganz anders. Er hatte die letzten Wochen dafür genutzt, für eben diese Besprechung ein Arbeitspapier vorzubereiten, das er uns präsentieren wollte. So wurde diese Besprechung zum Marathon, bei dem Andi und Sigi wie immer verfielen und mit jedem Bier unaufmerksamer wurden. Tim hatte einen Zeitplan entwickelt, gemäß dem ZOFF in so- und soviel Monaten gewisse Ziele erreicht haben müssten, um „sich zu rechnen", wie er es nannte. Da wurde nun der Sigi wieder kurz hellhörig, da er ja längst mit ZOFF das große Geld machen wollte, ebenso wie der Andi übrigens, der von Beruf Sohn war und Zeit seines Lebens noch nie richtig gearbeitet hatte und schon aus dem Häuschen war, wenn am kommenden Tag der Zählerableser der Wiener Stadtwerke angesagt war, der „zwischen 8 und 11 Uhr" erscheinen würde – so zeitig aufzustehen war er nun wirklich nicht gewohnt, der Arme! Tim schlug also nun vor, mit unserer Live-CD „hausieren" zu gehen, Veranstalter anzuschreiben, also echtes Booking zu betreiben, die CD in Lokalen und Beisln zu platzieren (er nannte das „DJ-Marketing"), kurz etwas Handfestes für das Fortkommen der Band zu tun.

Sigi's Mutter hatte indes einen Coup geplant um unserer Karriere einen Schub zu verpassen: Aufgrund der gerade akuten Überfüllung des Jugendstraf-Gefängnisses im Achten Bezirk hatte sie die Idee, dort ein Konzert zu geben, um auf eben jene unhaltbare Situation aufmerksam zu machen. Der Side-Effekt würde sein, dass über ZOFF in den Medien berichtet werden würde.

Sigi und Andi kam nun diese Wende der Besprechung sehr zu pass: Mit der kurzfristigen Perspektive befriedigt wurde die Sitzung von den müden Herren als für beendet erklärt. Für die anderen Dinge „würde schon auch noch Zeit sein", Sigi wollte sich das Papier von Tim gar erst „in einer stillen Stunde" durchlesen (Also nie! Das Papier landete, so wie in jener legendären Szene aus dem legendären Film „Freispiel" irgendwo zwischen alten Wurstbrot-Papieren und dem Gerümpel aus Jahrzehnten…)

Tim war natürlich zu Recht mehr als sauer: Seine wochenlange Arbeit und sein PR-Konzept waren soeben ad-absurdum geführt worden. Es war wohl das letzte mal gewesen, dass er so viele Energien in ZOFF gesteckt hatte. Sigi's Mutter setzte unterdessen in den folgenden Tagen alle Hebel in Bewegung, nutzte ihre Kontakte und erwirkte tatsächlich binnen einer Woche, dass wir einen Gig im „Häf'n" spielen würden und dass außerdem einige Journalisten diverser Zeitungen anwesend sein würden. Sogar die Justizministerin (genannt „Haiders Boxenluder" Autsch!) hatte sich angesagt - Wow! Wir wandelten also auf den Spuren von Johnny Cash und Metallica und wagten uns doch tatsächlich hinter Gefängnismauern... (Anmerkung: Ende der 1960er Jahre gab Johnny Cash sein berühmtes Konzert im Gefängnis von San Quentin, Kalifornien, anno 2003 taten es ihm die Jungs von Metallica gleich)

5
„DANCE TO THE JAILHOUSE ROCK"
(Elvis Presley)

„Die nächste Nummer ist ein Song, den ICH geschrieben habe. Es geht um Esoterik, ist also ein brandaktuelles Thema, und das Lied heißt: Die Kaffee-Sud-Leser-In". Mit diesen Worten kündigte Sigi wie immer den dritten Song im Set an, und wie immer schaute Tim dann ganz bös'. Er konnte Sigi's Selbstbeweihräucherungen auf den Tod nicht leiden...

Wir waren im Festsaal der Jugend-Strafanstalt, die eigens für diesen Event geschmückt worden war. Die Organisatoren im „Häf'n" hatten offenbar schon im Vorfeld unsere Schwächen erkannt und zwei tanzende Mädels aus Krepp-Papier ausgeschnitten und hinter die Bühne gepinnt. Darunter standen die Worte: „ROCK mit ZOFF!"

„Brösel", unser Tontechniker vom glorreichen Purkersdorfer Auftritt, hatte sich bereit erklärt, für diesen guten Zweck gratis seine Dienste zu tun. Diese Veranstaltung war schließlich ein „Charity-Konzert" für die jugendlichen Strafgefangenen. Es war ein merkwürdiges Gefühl gewesen, mit dem Bus vom Brösel, der an diesem Tag als Bandbus fungierte, durch die Schleusen-Tore zu fahren und dann mit dem Equipment durch den Gefängnishof zu marschieren. Wir spürten, wie wir von den vergitterten Fenstern aus gemustert und beobachtet wurden. Die technischen Bedingungen im Saal waren allerdings 1A und zumindest einer der angekündigten Journalisten war tatsächlich gekommen.

Nun standen wir also auf der Bühne und spielten nach der Sommerpause unseren ersten Gig, für den wir wegen Andi's Urlaub nur einmal kurz geprobt hatten. Dafür lief es nicht mal so schlecht, wir waren hochkonzentriert, außerdem waren die Bedingungen clean, das Konzert fand schließlich um elf Uhr Vormittag statt (was daran lag, dass wegen Personalknappheit in den Abendstunden nicht genug Aufseher zur Verfügung standen). Die Stimmung im Auditorium war anfangs ziemlich unterkühlt. Die Anwesenden waren zu 95 Prozent männlich und mehr als die Hälfte davon Schwarzafrikaner, die auf ihre Abschiebung warteten. Viele von ihnen sprachen kein Wort deutsch...

Sigi humpelte mit seinem Gipsfuß auf der Bühne rum und machte seine üblichen Ansagen zwischen den Songs, natürlich in deutscher Sprache, und diese wurden von den Anwesenden daher nur bedingt verstanden. Ein wenig Stimmung kam beim Sing-Along-Teil von „Viel zu schnell" auf, da sprangen einige sogar von den Stühlen auf und ignorierten die anwesenden Aufpasser.

Den Vogel schoss Sigi dann aber mit jener Ansage ab, die in unsere Geschichte eingehen würde. Wir hatten nämlich einen Song namens „Radix" im Programm. In dem Text geht es um Astrologie, und Sigi erklärte es dem Publikum jedes mal, ob es nun wollte oder nicht: „Wir spielen jetzt ein Stück – ich erkläre Euch worum es darin geht, damit ihr alle auch etwas zum mit nach Hause nehmen habt..." (entgeisterte und verständnislose Blicke vom Publikum) – „ein Lied, das heißt „Radix" (seine Stimme senkte sich dabei zu einem bedeutungsvollen Flüstern). „Radix", das ist, ihr müsst Euch das so vorstellen - das ist so ein Kreis..." Er beschrieb mit den Händen eine kreisförmige Bewegung. Ein paar lachten, ein paar gähnten, Tim und ich sahen uns verstohlen an und blickten dann sehr ernst zu Sigi rüber, darauf dieser ganz unbekümmert: „Na gut, spielen wir's halt ganz einfach..."

Gewisse Dinge würden sich wohl nicht mehr ändern, und dazu gehörte auch die manchmal etwas hölzerne Bühnenpräsenz unseres Sängers und seine teilweise unbeholfenen Ansagen. Der Gig war ganz ordentlich gespielt, die Öffentlichkeitswirkung blieb jedoch ein wenig hinter den Erwartungen zurück. Die Ministerin war doch nicht erschienen (gut so! Die war nämlich von der völlig falschen politischen Fraktion). Sigi's Mutter hatte dem Journalisten, der gekommen war, ordentlich die Ohren vollgesungen, sodass diesem gar nix anderes übrig blieb, als über uns zu schreiben (der Artikel in der Wiener Zeitung vom Folgetag würde sich in unserer künftigen „Pressemappe" sicherlich gut machen, eine x-fach vergrößerte Version hing noch lange Zeit über meinem „Altar" in meiner Wohnung). Irgendwie war aber die Stimmung in der Band nicht o.k.

Wir saßen nach dem Auftritt zusammen im Cafe „Merkur" und feierten den Erfolg, jeder auf seine Weise. Tim war wie immer eher still, Sigi schwadronierte, wie gut er nicht gesungen habe, Andi liebäugelte mit der Kellnerin des Lokales. Ich unterhielt mich abwechselnd mit

Sigi's Mutter und dem „Brösel", dem ich ein Essen und ein Bier spendierte, dafür dass er uns gratis die Tontechnik gemacht hatte.

Sigi hatte sich zu Essen Wiener Schnitzel mit Kartoffelsalat bestellt. Ich saß Sigi gegenüber und konnte nun richtig gut beobachten wie er dem Schnitzel zu Leibe rückte. Er schnitt es mit zwei kühnen und gut gezielten Schnitten in vier Teile, und stopfte sich sodann das erste Stück in den Mund. Damit nur ja nix verloren geht, schob er sicherheitshalber gleich eine Schaufel Kartoffelsalat nach. Da er aber mit dem Riesenstück Fleisch, das ihm sperrig im Mund lag, diesen nicht ganz schließen konnte, fielen ihm aus den Mundwinkeln einige Salat- und Zwiebelstücke wieder heraus auf den Teller. Jetzt musste er aber nachspülen und nahm einen ordentlichen Schluck Bier, das einen weißen „Bart" hinterließ. Kaum dass er diesen mit seinem Handrücken verschmiert hatte, musste er zum Zeichen seiner Anerkennung der Küche einmal kräftig aufstoßen. Dann war's alsbald Zeit für den Nachtisch. Er bestellte eilig Tiramisu um nur ja nix zu versäumen. Das mit Kakaopulver bestreute Tiramisu hinterließ dann bei Sigi eine dunkle Kontur rund um seinen Mund, sodass sein Gesicht langsam clowneske Züge bekam.

Solchermaßen gestärkt kam dann Sigi irgendwann mit dem Vorschlag daher, dass wir uns bei einem Nachwuchs-Bandwettbewerb von Radio Ö3 bewerben müssten. Die Christl Stürmer würde dort in der Jury sitzen, das wäre doch DIE Chance. Eigentlich hatte ja Sigi's Mutter diese Idee gehabt, ihr war der Artikel über den Bandwettbewerb in einer knallbunten TV-Gazette aufgefallen (Anmerkung: TV-Media, das einfältige Hochglanz-Magazin für damals nur EINEN Euro, auch „poor man's Playboy" genannt). Nun wurde Tim aber erstmals richtig laut und bestimmt, und erklärte, dass wir gerne OHNE IHN an einem solchen Wettbewerb teilnehmen könnten – das war's dann! Ende der Diskussion. Ich weiß bis heute nicht den echten Grund, warum Tim auf keinen Fall bei dem Wettbewerb mitmachen wollte, aber ich vermute, es lag daran, dass er an ZOFF nicht mehr glaubte und nichts mehr investieren wollte, zumal ja unlängst sein PR-Konzept von Sigi in ignoranter Weise vom Tisch gewischt worden war.

Trotzdem war die Quintessenz des Tages, dass wir „irgendwie" weitermachen würden. Sigi's Mutter würde die „Pressearbeit" und das Booking machen, wir würden wieder regelmäßig Proben und für den

Herbst einige Auftritte organisieren, um uns eine Fanbase zu erspielen – soweit der Plan!

Das Gelage im „Merkur" endete mit einem Riesenrausch, den der Sigi davontrug. Wie so oft lallte am Schluss nur noch wirres Zeug und endete mit dem Aufruf: „I sag Euch, des wird was mit ZOFF, I sag Euch das! Mach ma was draus! Des is a leiwande Band. Mach ma was draus, mach ma was draus!" So weit das Wort zum Sonntag!

Der Artikel in der Wiener Zeitung erschien übrigens mit buntem Foto, das Sigi mit Gipsfuß zeigte, unter der Überschrift „Früchte des Zorns". Dies war der Titel eines Songs von uns, der sich mit jugendlichen Rechtsradikalen befasste (eigentlich unser einziger politischer Text) und der zum Motto des Events in der Jugendstrafanstalt geworden war. Wir beschlossen nun, darauf aufbauend, die Gigs im Herbst als „Früchte des Zorns" – Tour zu bewerben. Wir würden in Zukunft mit diesem Song eröffnen, stellten also die Setlist ein wenig um. Um den Querelen zwischen Tim und Sigi wegen der neuen Songs aus dem Wege zu gehen, wurde vorerst entschieden, kein neues Material ins Programm zu nehmen. Denn wenn Tim und ich vorschlugen, dass wir „Frei" spielen könnten, bestand Sigi darauf, dass „Leidenschaft" auch gespielt werden müsse. Es war eine vertrackte und verfahrene Situation, in die wir da geraten waren...

Break! (kurzer Zwischenstopp)

Tim und ich hatten in diesem September 2004 „geschäftlich" in Berlin zu tun. Tim betrieb nämlich so ganz nebenbei ein Plattenlabel namens „Rabenschwarz – Productions" (nomen est omen!). Er hatte einen Termin auf der Musikmesse Pop-Komm, ich begleitete ihn dabei, und wir redeten während der Zugsfahrt eine ganze Menge Gummi, wie ich das so nannte. Der Zug fuhr über Tschechisches Gebiet, und ich erfreute mich an der Schönheit des osteuropäischen Bahnpersonals. Das heißt im Klartext: Ich versuchte erfolglos mit einer Schaffnerin zu flirten, deren strenge kniehohe Stiefel es mir angetan hatten. Da ich leider bei ihr nicht landen konnte, beschränkte ich mich darauf, mich bei der Kellnerin im Speisewagen mit ein paar tschechischen Vokabeln wichtig zu machen („jedno Vodka, prosim…") Natürlich verwendeten Tim und ich auch ein bisschen Zeit darauf, über ZOFF zu sprechen und was daraus noch werden könnte. Tim wollte eigentlich nimmer weitermachen und wartete nur noch ab, „wie sich dieser Herbst entwickeln" würde – „im Sinne der Vielfalt", denn das war damals grad ein geflügeltes Wort bei uns – die Antithese zur Engstirnigkeit mancher Bandkollegen aber auch meiner Landsleute, doch davon noch später...

Wir benutzten also das Wochenende in Berlin, um uns zu betäuben und den Kopf anschließend für neue Herausforderungen frei zu haben. Berlin war echt geil, ich sah aber auch, wie hoch der Level bei den Bands im deutschsprachigen Bereich war. Ich erkannte glasklar, wie viel bei ZOFF noch fehlte, um in die Oberliga aufzusteigen. Auch Tim war das völlig klar und wohl auch deshalb interessierte ihn ZOFF eigentlich nicht mehr so richtig.

Dafür war im Moment auch Tim sehr an den fleischlichen Genüssen interessiert. Mit seiner Freundin, mit der er einige Jahre zusammengewohnt hatte, war kurz zuvor Schluss mit Lustig gewesen, nun war auch Tim jede Nacht auf der Jagd. Ich beneidete Tim ein wenig um seine Unverfrorenheit, mit der er es immer wieder zuwege brachte, zumindest einen Anfang zu machen. Wir saßen da zum Beispiel mitten in Berlin in einem Biergarten. Ein hübsches Mädel schlenderte vorbei, Tim grinste sie an, sie lächelte zurück und konnte den Blick gar nicht mehr von ihm wenden. Als sie vorbei war, sagte Tim: „Da geht sie nun, das schöne Kind..." Ich fragte ihn darauf: „Wie hast du das jetzt gemacht?" Er erklärte mir darauf sein Geheimnis: „Mir ist egal, ob d'raus was wird oder nicht. Wenn sie an mir interessiert ist, na gut, wenn nicht, na dann gebührt ihr halt ein Nasenbeinbruch!"

Soweit Tim's Credo. Allerdings wurde nicht jedem vielversprechenden Anfang das entsprechende Après zuteil, dazu gehörte schließlich auch ein wenig Glück und Fingerspitzengefühl. Tim war aber auch nicht immer der Meister im Termine ausmachen und behalten, so auch in Berlin: In einem Club hatte er ein Fräulein im Visier, das sich dauernd über die Lippen leckte, wenn er hinsah. Er ließ es sich natürlich nicht nehmen, und lud die Dame auf einen Drink ein. Sie vereinbarten vage, dass sie sich am nächsten Tag wieder treffen wollten. Tim wartete dann am nächsten Tag, dass sie ihn anrief, sie wartete, dass er sie anrief, und so kamen sie leider nicht zusammen (sag' ich jetzt mal ganz ohne Schadenfreude...)

Wie auch immer – wir brachten aus Berlin schöne Erinnerungen mit, mehr aber auch nicht. Außer – ach ja, ich hatte bei einem Show-case in der Messehalle den neuen Shooting-Star Winson gesehen und mir danach sofort sein Album gekauft. DAS musste ich dem Sigi vor-spielen, dieser Typ legte die Latte für Nachahmer verdammt hoch! Die Berliner Schnute in Verbindung mit geradem, erdigem Rock, und das ganze noch mit elektronischen Beats unterlegt – das war der Sound der zur Zeit angesagt war! Das Album „So sah die Zukunft aus" enthielt einige wirklich sehr gute Songs, z.B. „Liebeskummer ist Luxus, Ba-by!", das Nachfolgewerk ließ dann übrigens lange auf sich warten und katapultierte sich prompt in die Kategorie „ferner liefen"...

Winson würde, so hatte ich erfahren, in diesem Monat auch im Wiener Chelsea am Gürtel spielen, ein Lokal übrigens, das eine Stufe über dem bereits erwähnten Cafe „Sabrina" stand. Dort aufzutreten war sozusagen bereits die hohe Schule. Ich versuchte also, Sigi dazu zu bewegen, sich mit mir dieses Konzert anzusehen. Als ich – zurück in Wien - Sigi die Winson-CD vorspielte, erklärte dieser mir jedoch nur kühl, dass der Typ nicht gut singen könne. ZOFF sei die viel bessere Band und müsse nur ein wenig „kompakter" agieren um ebensolche Erfolge einzuheimsen...

Nun ja, der Sigi war halt unbelehrbar! So ging ich also alleine ins Chelsea, oder sagen wir mal nicht ganz allein. Ich war nämlich zu jener Zeit grad ziemlich in eine der Kellnerinnen aus einem meiner Beisln im Achten Bezirk verknallt. Ihr Name tut nix zur Sache, ich bin ja schließ-lich ein Gentleman, doch nennen wir sie mal die Elke aus Erfurt. Sie studierte in Wien Germanistik, weil bei ihr zu Hause keine Studienplät-ze frei waren. Elke hatte mir auf jeden Fall so ganz nebenbei den Tipp gesteckt, dass Winson in Wien spielen würde. Sie hatte mir auch die Karte gecheckt, und so traf ich mich mit ihr und ihrer norwegischen Freundin Heike im Chelsea. Irgendwie fühlte ich mich sehr cool, so als Begleiter von zwei jungen Mädels, die eigentlich meine Töchter hätten sein können...

Elke, das Objekt meiner Begierde, war übrigens ein totaler Winson – Fan, und wollte ihr Idol unbedingt nach dem Konzert anquatschen, war dann aber dafür doch zu schüchtern. Ich war auch zu schüchtern, um sie zu erobern, und kehrte ziemlich erfrischt aber allein in meine „Junggesellenbude" zurück. That's Life! Natürlich machte ich noch einen Umweg über das "„e.t.c."" und befragte Bruder Alkohol nach seiner Meinung zu den Vorfällen. Er hielt mir einen Vortrag den ich später vielleicht mal in einem Songtext ("Du warst zu langsam, alles klar?") verarbeiten würde, ein weiterer Song, den ich mit Tim gemeinsam ausarbeiten würde. Was auch immer kommen würde, es war mir im Moment egal...

Jeder von uns kennt die Verzweiflung, die sich ausbreitet, wenn sie/er von ihrem/seiner Angebeteten eine Abfuhr erhält. Vergleichsweise viel schlimmer jedoch war dieses dumpfe Gefühl des Versagthabens, begleitet von der höhnischen inneren Stimme: „Du hast es ja nicht einmal versucht! Wieder mal gekniffen, oder? Du lernst es ja doch nie..."

Einige Tage später, als Elke wieder Dienst in ihrem Beisl hatte, getraute ich mich, Elke zum Essen in meine Lieblings-Pizzeria einzuladen – und sie sagte sogar zu! Wow!!! Ich ging beglückt schlafen. Am nächsten Morgen schien mich die ganze Welt anzulachen, die Sonne schien heller als sonst. Ich hatte es endlich geschafft. Am Tag der Verabredung jedoch – ich war grad am Heimweg von der Arbeit – erhielt ich eine SMS von ihr mit den Worten: "Tut mir leid, ich muss grad für eine Prüfung lernen."

Mir fiel es wie Schuppen von den Augen, dass dies einen eindeutigen Korb bedeutete! Das Mädel hatte kalte Füsse bekommen, wahrscheinlich war ich wirklich viel zu alt für sie oder was weiß ich... Ich war grad aus der U2 ausgestiegen und schritt die Florianigasse hinauf. Von einem Moment auf den anderen erschien mir die Stadt wieder abweisend geworden zu sein, die Häuserfassaden blickten öde, selbst der strahlend blaue Himmel wirkte trist auf mich. Ich war also wieder mal gescheitert und würde mich wohl wieder einmal selbst aus dem Verkehr ziehen, wie ich es nannte. Das bedeutete im Klartext, mir eine Nacht im „e.t.c." oder sonst wo um die Ohren zu schlagen.

Ich startete also eine ausgedehnte Runde durch „meinen" achten Bezirk. Ich trank erst mal Cafe Coretto mit einem ordentlichen Schuss Grappa im „Merkur". Cafe mit Alkohol pushte mich immer gehörig, sodass ich die Nacht bei Bedarf durchmachen konnte. In fast jedem Lokal hatte ich schon ein diesbezügliches „Menü", für das ich dort bekannt und berüchtigt war. Etwas später an diesem Abend hielt ich mich für ein paar Single-Malt-Whiskys im „Debakel" in der Skodagasse auf. Ein Mädchen lehnte vor dem Lokal an der Häuserwand und rauchte einen Joe. Sie sprach mich an: „Coole, gestreifte Hose hast du da an!" Ich nickte nur und lächelte flüchtig und dachte mir trotzig: „No way – ich gehe jetzt nach Hause! Ich will die Frau, die ICH will und nicht einfach nur eine, die mich will..."

Ich verfügte mich dann aber doch noch einmal zu später Stunde auf ein Sprüngerl ins „e.t.c.", wo im Hinterzimmer eine ausgelassene Party tobte. Das Geburtstagskind lehnte zufällig gerade an der Theke, als ich das Lokal betrat. Sie war eine nett anzusehende Frau, die schon einiges getankt hatte. Sie berührte meinen Körper mit dem ihren wie zufällig und sagte mit schwerem Zungenschlag: „Ganz schön eng hier, was?" Ich war aber gerade so was von nicht in Stimmung, dass ich mit ihrer Anlassigkeit nichts anzufangen wusste, obwohl es ja eigentlich DIE Gelegenheit gewesen wäre, bei einer coolen Braut zu landen...

Ich antwortete also nur kurz angebunden: „Ja ja, aber ich wollte ohnedies gerade gehen". Ich verließ das Lokal, ohne meinem schon vorhandenen Alkoholpegel noch einen drauf zu setzen und zog es vor, mich in meine Wohnung zurückzuziehen. Dort zog ich mir Musik von „The Darkness" rein. Der Typ mit der schrillen Stimme sang „I Believe in A Thing Called Love" - Har Har! Das konnte er doch selbst unmöglich ernst nehmen! Ich hörte in dieser Nacht noch jede Menge andere laute Musik und kam mir dabei vor wie ein einsamer Steppenwolf (remember Hermann Hesse?).

Vom Schanigarten des „e.t.c." drang ausgelassenes Gelächter herauf zu mir. Normalerweise amüsierte mich diese Geräuschkulisse. Diesmal war ich jedoch extrem schlecht drauf. Ich hatte gerade hochmütig zwei Gelegenheiten ausgelassen, Frauen kennenzulernen, die an mir offensichtlich interessiert gewesen waren. Was war nur los mit mir? Das Leben da unten brauste jedenfalls an mir vorbei. Es war an der Zeit, eine kleine Nachdenkpause zwecks Standortbestimmung einzulegen...

INTERMEZZO

Worin lag also das Problem bei ZOFF? Ich habe eingangs von der ambivalenten Beziehung zwischen Sigi und Tim gesprochen. Die lässt sich auch durch folgende Rückblende verdeutlichen:

Tim hatte Sigi Anfang 2003 kennengelernt, als er bei einer übel beleumundeten Cover-Band die größten Hits der Sechziger, Siebziger und was weiß ich was noch zum Besten gab. Tim Trash überzeugte Sigi davon, künftig die Finger von englischsprachigen Texten zu lassen, und so wurde die Idee zu ZOFF wird geboren – ja, so war es!

Sigi und Tim spielten dann erstmals als Duo im Sommer 2003 bei einem Festl der Grünen und der KPÖ („Transdanubien gegen Schwarz-Blau" – welche Wohltat, dass es damals so etwas gab!). Die Texte von Sigi und Tim waren ja politisch eher unkorrekt, was schon nicht zu besonderer Stimmung beitrug. Und Sigi Pfisterer sang und spielte unkorrekt, was die Stimmung gegen den Nullpunkt drückte. Nach einer halben Stunde haderte Tim Trash mit seinem Schicksal und schlich nur aus Rücksicht auf Sigi's Freundin Nina und Sigi's Mutter sowie den zu erwartenden Anteil der sogenannten Gage nicht klammheimlich weg. Plötzlich liefen zwei Kinder auf ihn zu: "Lose zu verkaufen! Lose zu verkaufen!" Tims Reaktion darauf: "Mein Los ist schwer genug!"

Spätestens hier hätte Tim ahnen können, worin das Problem in der Zusammenarbeit mit Sigi bestand. Allerspätestens einige Wochen später, als er mit Sigi in einer Tschechette im 15.Bezirk auftreten hätte sollen und ihn zum vereinbarten Zeitpunkt von zu Hause zum Auftritt abholen wollte. Besagter Sigi erwachte erst nach einer halben Stunde Sturmläuten aus seinem Rausch und legte daher in der Ölung einen entsprechend jämmerlichen Gig hin.

So geschehen, noch ehe ich auf den Plan getreten war...

Worin lag nun MEIN Problem bei ZOFF? Ich sprach am Anfang davon, dass mir die bösen und frechen Texte gefielen. Diese Texte hatten natürlich teilweise einen sexistischen Unterton, und das war nicht unbedingt meine grundlegende Weltanschauung. Ich meine, ich bin kein Heiliger – wenn eine Frau sich lasziv gibt und verführerisch räkelt, spricht mich das natürlich an, aber ich sehe sie nicht als „Objekt" sondern schätze es, wenn sie mir etwas entgegenzusetzen vermag. Und wenn ich sagte, ich wollte es 2004 so richtig laufen lassen, so bedeutet dies, die Trauerarbeit nach meiner Scheidung war getan, und ich war wieder bereit und offen für „die Frau". Ein Typ hatte mir nämlich einst kurz nach meiner Scheidung an der Theke des Arena-Beisls im Zuge einer Tequila-Session erklärt, dass ich nicht verzagen solle. Mein Leben habe nun einfach nur eine anderes Level erreicht, ähnlich den virtuellen Welten einer Spielkonsole. „Die nächste Senorita wird dir über den Weg laufen, und die Sonne wird wieder scheinen" hatte er gesagt. Auch ein gewisser Waldemar, ein Freund aus Purkersdorf, tröstete mich in ähnlicher Weise. Er sagte: „Warte nur, du wirst jetzt ganz einfach die eine oder andere flach legen, und irgendwann kommt dann DIE EINE, bei der's dann wieder passt!" Er sollte Recht behalten, aber es sollte noch eine lange Durststrecke bis dorthin werden...

Mein Frauenbild mag also aufgrund meiner bisherigen Schilderungen manchemR LeserIn etwas seltsam erscheinen, aber ich kann versichern, dass mir jeder Sexismus in Form von Geringschätzung des „schwachen Geschlechts" fern liegt. Aufgrund meiner wechselvollen Vergangenheit neige ich zu einer gewissen Schüchternheit und damit verbunden stelle ich Frauen des Öfteren sogar auf eine höhere Stufe als diese vielleicht wollen. Diese Schüchternheit ist natürlich etwas mir eigenes und ich bekenne mich dazu. Als „Rockstar" schüchtern zu sein bedeutet keinen Widerspruch – ganz im Gegenteil: das eine hat mit dem anderen nichts zu tun. Robbie Williams und Mick Jagger könnten von Beruf Buchhalter und Bibliothekar sein und würden die Frauen „kriegen", die sie wollen (oder auch nicht).

Andererseits kann „man" im Rock'n'Roll-Zirkus durchaus als introvertierter zurückhaltender Typ sein Dasein fristen (und damit auch manchmal unzufrieden sein, wie hier nachzulesen ist). Das typische Klischee von „Sex and Drugs and Rock'n'Roll" ist eben nun mal nur ein Klischee!

Ich hatte also Tim's und Sigi's Texte immer als bewusste Provokation aufgefasst. Wir hatten in einem Presseinfo selbst von „typisch männlicher Sichtweise" gesprochen, die „mit einem Augenzwinkern" präsentiert werde und vor allem einmal für Aufsehen, sprich Publicity sorgen sollte. Dafür war mir vorerst einmal jedes Mittel recht gewesen, doch langsam begann ich mich innerlich zu sträuben und zu distanzieren. Es brauchte Zeit um bei mir zu sickern, dass nicht alle Texte von ZOFF sich mit meiner Weltanschauung deckten und ich daher nicht hinter allem stehen konnte, das wir auf der Bühne proklamierten.

Das bringt mich zu einem grundlegenden Problem des Rock'n'Roll. Dieser hatte ja bereits 1969 mit Woodstock seine Unschuld verloren. Das soll heißen, dass mit der beginnenden Massenvermarktung von Love, Peace and Music der Anfang vom Ende begonnen hatte (nicht lange nach Woodstock kam denn auch Altamont, wo der Rock'n'Roll erstmals seine böse Fratze zeigte, zu beobachten und analysieren im Rolling Stones Film „Gimme Shelter", da Mick Jagger eindrucksvoll echte Theatertränen vergießt ob der Ermordung eines farbigen Konzertbesuchers durch ein Mitglied der Hells Angels).

Der Rock'n'Roll war/ist eine männerdominierte Szene in einer männerdominierten Welt und Wirtschaftsfaktor in einem männerdominierten Wirtschaftssystem. Im Rock, speziell im Hard-Rock, gab/gibt es kaum ernst zu nehmende Frauen, die es nachhaltig an die Spitze geschafft haben.

Tina Turner ist eine der wenigen Ausnahmen. Sie war mit sechzig immer noch eine ernst zu nehmende Sängerin - und obendrein sehr attraktiv, und das ohne Schönheits-Operationen! (Ihr richtiger Name lautet übrigens Anne Mae Bullock, doch damit hätte sie nie Karriere gemacht. Die Ehe mit Ike Turner, (gestorben 2007) brachte der ehemaligen Kirchenchorsängerin aus dem amerikanischen Süden nicht nur einen gewaltigen Karriere-Kick, sondern auch jede Menge Troubles und Schläge. Tina Turner trennte sich von Ehemann Ike bereits 1973, der Hit „Nutbush City Limit" war sozusagen ihr erster Solo-Erfolg, obwohl die Ehe offiziell erst 1978 geschieden wurde. Ihr peinlichster Auftritt war im Film „Madmax", dessen Filmmusik - gemeint ist Tina Turner's Mega-Hit „We don't need another hero" aus dem Jahr 1986 - um einiges besser ist als Tina's schauspielerische Leistung).

Dann wäre da noch Patti Smith, sie hatte sich nach kurzem Höhenflug in die Poesie zurückgezogen, erst nach dem Tod ihres Ehemannes veröffentlichte sie seit 1998 wieder regelmäßig Platten und tourt alle paar Jahre dies- und jenseits des großen Teichs und gibt sich rebellisch wie eh und je.

Viele Frauen im Rock gelten jedoch schlichtweg als „one-hit-wonders" (ein etwas abwertender Begriff, der in den 1990er Jahren in Mode gekommen ist und Künstlerinnen und Künstler charakterisiert, die außer einem großen Hit nix zuwege gebracht haben. Dazu gehört beispielsweise die Kanadierin Allannah Myles [„Black Velvet", 1989] aber auch die Jungs von The Darkness aus dem britischen Empire, deren „I Believe in a thing called love" aus dem Jahr 2003 keinen rechten Nachfolger finden wollte, wohl auch, weil die Band live nicht halten konnte, was sie im Studio versprach). Im Pop-Bereich spielten die Frauen seit den Neunziger Jahren zunehmend eine immer wichtigere Rolle, doch im Hardrock waren es immer schon vor allem die Frontmänner, die (selten) das Image „trauriger Poet", meistens jedoch das des „Mr.Testosteron" pflegten.

Wir Männer könnten ganz ohne die Frauen nicht leben, zumindest kann ich es mir nicht vorstellen. Es würde mal abgesehen von biologischen Notwendigkeiten schlichtweg der Gegenpol fehlen, den wir brauchen, unser Dasein und unsere Existenz zu reflektieren oder auch hin und wieder zu korrigieren. Übertragen auf die Hard-Rock-Szene bedeutet dies: Da Frauen in diesem Bereich oftmals nur „Aufputz" oder Püppchen sind, die kaum als die kompetenten Musikerinnen wahrgenommen werden, die sie oftmals sind, und weiters höchstens in Ausnahmefällen als Managerinnen ihrer Ehemänner eine Entscheidungsfunktion haben, fehlt dem Rock'n'Roll zum Überleben im 21. Jahrhundert wahrscheinlich die weibliche Komponente als Korrektiv – soll heißen: Na klar ist das Begehren einer Frau ein wesentlicher Motor im männlichen Dasein, der sich in vielen Rock-Texten niederschlägt, doch wäre es oft interessant und (auch für uns Männer) hilfreich, die weibliche Seite dazu ernsthaft zu Wort kommen zu lassen.

Conclusio: ZOFF waren eine typische Männer-Rock-Band und sprachen den weiblichen Teil des Publikums kaum an, höchstens partiell mal der eine oder andere von uns...
Dies bedeutete im Grunde genommen, dass 50 Prozent der potentiellen Käuferschicht von vornherein ausschieden. Sollte „man" aus dieser marktwirtschaftlichen Überlegung (solche Überlegungen muss sogar ICH manchmal widerstrebend anstellen) nicht Schlüsse ziehen?

6
„LIEBESKUMMER IS' LUXUS"
(Marcus Winson)

Es war höchste Eisenbahn, dass ich wieder zu mir fand. Aufgrund diverser gescheiterter, sogenannter Leider-Nein-Liebesabenteuer war mein Tequila-Konsum ins unermessliche gestiegen, meine Gesundheit begann bereits darunter zu leiden.

So begann ich wieder, Sport zu betreiben, Laufen zu gehen, packte an einem Samstag mein Mountain-Bike ins Auto und fuhr ins Triestingtal zur Steinwandklamm, und sodann mit dem Fahrrad den ganzen Tag in den umliegenden Bergen herum, bis das Gift des ganzen Fusels aus meinem Körper geschwitzt war. Am darauffolgenden Tag absolvierte ich erschöpft in der Nähe von Purkersdorf, begleitet vom Rauschen eines Bächleins und Vogelgezwitscher, einen erholsamen Gesundheitsschlaf im Freien. Nun war ich zu neuen Schandtaten bereit!

Es galt, Konzert-Termine auszumachen. Sigi's Mutter war aufgrund gesundheitlicher Probleme ausgefallen, ihr „Booking" fand ganz einfach nicht statt. Sigi selbst wollte die Sache in die Hand nehmen. Er hatte ein Buch über Management gelesen und mir gegenüber am Telefon angedeutet, dass er sich mehr „in organisatorische Dinge und Management-Belange" einbringen wollte. Die Ernsthaftigkeit dieses Ansinnens zeigte sich alsbald: Auf Anraten seiner Mutter, die vom Krankenbett aus die Fäden zog, rief er im „plug in" (eigentlich ein Jazz-Lokal!) an, um mal nachzufragen, ob wir dort spielen könnten. Er hatte Glück, hatte den Wirt höchstpersönlich am Rohr und vereinbarte vage einen Termin. Jemand müsse noch vorbeikommen und den Vertrag unterschreiben, erklärte der Wirt. Sigi war dies nun doch zuviel an „Organisations- und Management-Kram" – er rief mich an und erklärte mir, dass es ihm aufgrund seines Gipsfußes unmöglich sei, mit der „Mopette" in den neunten Bezirk ins „plug in" zu fahren, und ob ich denn nicht vielleicht den Vertrag unterzeichnen könne.

Ich hatte ja gerade nichts anderes zu tun und erklärte mich bereit, Sigi diese unangenehme Sache abzunehmen. Wie weit es mit seinen Basics in Sachen Management und Organisation her war, zeigte sich sofort als ich ihn noch kurz fragte, ob er sich die Telefon-Nummer notiert hatte und den Namen, mit wem er gesprochen hatte. Das hatte er natürlich nicht. So suchte ich mir die Telefon-Nummer aus dem Telefonbuch und fragte mich im „plug in" durch, um mich zu erkundigen, wann ich den Chef antreffen könne. Der Chef war übrigens ein etwas windiger und verschlagen dreinblickender Ägypter (alle, die mich kennen, wissen dass ich fern von JEDEM Rassismus stehe, aber der Typ war wirklich windig!), und der „Vertrag" sah schließlich so aus, dass wir den Tontechniker, den das Lokal beistellte, zahlen mussten. Der Typ kostete stolze 50 Euro, dafür würde der Eintritt komplett uns gehören. Das bedeutete einmal mehr, dass WIR für die Werbung und die dadurch hoffentlich lukrierten Einnahmen verantwortlich waren.

Ich war ja nun schon Kummer gewohnt, und so ging's wieder einmal ans Plakatieren. Christiane hatte uns Plakat-Rohlinge drucken lassen, auf denen jeweils nur Veranstaltungsort und Datum händisch mit dickem Filzstift eingetragen werden mussten. Solcherart ausgerüstet machte ich mich wieder einmal auf eine Beisltour durch die Bezirke Sechs, Sieben, Acht und Neun um für das Konzert im „plug in" zu werben.

Es war Ende September geworden, der Sommer war zur Neige gegangen. War 2004 nun mein Jahr geworden? Mitnichten! Bei den Frauen war ich offenbar ständig an die falschen geraten (sprich: die, die mich nicht wollten oder nicht zu mir passten) und punkto Musik lief es auch nicht so besonders. Doch war ich auch mit den „kleinen Erfolgen" zufrieden: Die ZOFF-Live-CD war endlich fertig zum Verkauf, das heißt es gab zwanzig gebrannte Exemplare mit einem ansehnlichen Cover, das übrigens nicht von ungefähr an Deep Purple's „Made In Japan" erinnerte. (Anmerkung für Nicht-Wahnsinnige: Deep Purple hatten mich musikalisch wie keine andere Band geprägt. Das im Sommer 1972 von Tontechniker Martin Birch eher zufällig mitgeschnittene Live-Album „Made in Japan" von Deep Purple war ein Meilenstein in Sachen Sound - den zu jener Zeit andere Bands im Studio nicht so gut hinkriegten - und zeigte die Formation am Zenith. Ein knappes Jahr später bekam Sänger Ian Gillan von Ritchie Blackmore die Kündigung. Witzigerweise wurde „Smoke on the water" in Amerika erst nach Gillan's Ausstieg ungeplant zur Hymne der Band, als nämlich ca. 1973/74 ein Radiosender eine gekürzte Version des Songs aus dem „Made in Japan"-Album auf Dauer-Rotation laufen ließ. Ende 1973 wurde mit David Coverdale der neue Lead-Sänger vorgestellt, ihm zur Seite der neue Bassist und Vocalist Glenn Hughes. Deep Purple veröffentlichten in dieser Besetzung mit „Burn" ihre wahrscheinlich beste Platte, doch das ist eine andere Geschichte…)

Back in 2004 - Wir würden also unsere Live-CD im „plug in" zum Verkauf anbieten. Ich hatte höchstpersönlich auch noch telefonisch die Werbetrommel gerührt, wir waren daraufhin mit dem Eintritt von sieben auf fünf Euro runtergegangen (weil die meisten gemeint hatte, dass sieben Euro eine ganze Menge Geld für nur EINE Band sei...), und so fanden sich an die zwanzig Leute im „plug in" ein.

Hier gab's dann die nächste derbe Überraschung: Das Lokal verfügte über genau EIN Mikrophon. Wir mussten aber irgendwie auch das Schlagzeug, zumindest die Bass-Drum, abnehmen, sonst würde sich der Kick vom Andi gegen Sigi's Gitarren-Wall-of-Sound überhaupt nicht durchsetzen. Der Tontechniker hatte natürlich in seiner Zauberkiste einige Mikrophone mit, aber er wollte uns doch tatsächlich für jedes Mikrophon eine Leihgebühr (!) von fünf Euro (!!) verrechnen (!!!). Ich begann natürlich sofort mit den Verhandlungen, und schließlich einigten wir uns darauf, dass der Typ von mir auf zwei Biere eingeladen wurde, was ich mit den Gutscheinen für meine zwei Gratis-Getränke, die das Lokal großzügigerweise bereitstellte, erledigte. Dafür hatten wir wahrscheinlich den besten Drum-Sound, den dieses jämmerliche Kellerloch je gehört hat.

Der Auftritt verlief dann ganz passabel. Der Andi hatte eine neue Freundin. Sie übernahm die Aufgabe, an der Kassa zu sitzen und Eintritt zu kassieren. Es war immer gut, ein hübsches Gesicht für solche Dienste zu haben, denn dann kamen die Diskussionen und das Geraunze und Gejammer von „Freunden der Band" und Bekannten, Stammgästen etc. gar nicht erst auf. Meine Ex-Frau war übrigens mit einigen ihrer Freundinnen erschienen. Diese Frauenrunde befragte ich nach dem Gig um ihre geschätzte Meinung. Einhelliger Tenor: „Bloß der Sänger nicht, der is' furchtbar!" Der Rest der Band ging bei ihnen ja durch, insbesondere der Tim hatte es ihnen angetan. Die Frauen fuhren ab auf den Typen, es war unglaublich und für mich ganz und gar unverständlich...

Der Gig war ansonsten einer unserer besseren, wir hatten auch ordentlich Eintrittsgeld eingenommen und ein paar CD's verkauft. Sigi sorgte jedoch einmal mehr für den ordentlichen Abschluss:

Schon seit langer Zeit wurde nämlich seitens Tim und Sigi in den Namen ZOFF ein „Geheimnis" gelegt, als stünde der Name für eine Abkürzung. Wir hatten uns anlässlich des Häf'n-Gigs für allfällige Zeitungsinterviews eine Erklärung zurechtgelegt. Der Name ZOFF war also gemäß Tim eine Abkürzung, die einen lateinischen Spruch verballhornte: „celebramus optimae filii fortunae". Das sollte soviel heißen wie: „Wir, die Söhne des Glücks verstehen es bestens, zu feiern...". An diesem Abend nun hatte Sigi nach dem Gig an der Bar bei der Kellnerin kräftig gebraten. Sie war eine polnische Studentin namens Jablonka, die sich mit dem Nebenjob im „plug in" ihr Studium finanzierte. Für's Kellnerieren gab's übrigens heiße vier Euro die Stunde, natürlich schwarz und bar auf die Hand! Wir hatten sie alle ganz nett gefunden, wir hatten sie für ihr tolles Bauchnabelpiercing bewundert und mit ihr gescherzt, aber Sigi hatte zu tief in ihr Dekolletee geblickt und wollte es daher am genauesten wissen. Jablonka fragte uns irgendwann mal nach dem Bandnamen und dessen Bedeutung. Sigi sah seinen großen Moment gekommen und hob an, mit erhobenem Zeigefinger zu erklären: „Das heißt, pass auf – Zellolitis! O-oh" Er stockte, blickte ganz verzweifelt, plötzlich strahlte er wieder: „Also! Zerebraahl! Optimaahl...und, und spiritus sancti... jo, wos was denn i..." Seine Hand beschrieb eine vielsagende kreisförmige Bewegung, er schnitt eine theatralische Grimasse dazu. Sie gluckste vor Lachen, Tim zwinkerte ihr zu und ich schlich beschämt von dannen. So hatte ich mir mein Rockstar-Dasein nicht vorgestellt...

Das Abbauen und heimschippern des Equipments war dann wieder so eine Sache. Der Sigi war diesmal dran, dem Andi mit dem Zeugl zu helfen. Ein zerlegtes Schlagzeug ohne Lift in den dritten Stock zu transportieren (wo der Andi nämlich hauste...), bedeutet mindestens zehnmal hinauf- und hinunter zu laufen. Der Sigi ging genau einmal mit dem Schlagzeug-Hocker und den Sticks und berief sich dann auf seinen Gipsfuß...

Wenn ich vorhin sagte, dass ich von jedem Rassismus frei bin, dann meine ich das auch absolut ernst. Bei Sigi verhielt sich das nicht ganz so. Bei einer der folgenden Proben im „t-On" zeigte sich das wieder einmal. Es war Sonntag, und das „Cortez" hatte geschlossen. Wir wollten uns vor der Probe noch stärken und suchten Zuflucht in einem chinesischen Lokal neben dem Naschmarkt. Sigi war von der Wahl des Lokales nicht sehr angetan. Sein Kommentar dazu: „Diese Chinesen! Die schauen eh alle gleich aus!" Einer verschleierten Frau, die an einem benachbarten Marktstand einkaufte, rief er feixend hinterher: „Na, Burka, was gibt's heut' zu essen für Dein' Mufti daham? Und macht's bloß kan' Terror!" Sigi war in jenen Wochen der anbrechenden kühleren Jahreszeit außerdem immer wieder mal mit seinem Ledermantel unterwegs. Fragte man ihn nach seiner Vision für ZOFF, erklärte er mit verschwörerischem Blick und eindeutigem Timbre eines unseligen Österreichers aus Braunau: „Wirr müssen wie die Wölfe heulen..."

Mich kotzte so was natürlich an, und ich erklärte ihm auch, dass ich damit keinen Spaß verstand. Punkt.

Bei jener Probe ging es übrigens auch darum, wie es mit den neuen Songs weitergehen solle. Unser nächster Auftritt im „Keller" stand bevor. Tim wollte auf gar keinen Fall „Leidenschaft" spielen, Sigi auf gar keinen Fall „Frei". Ich spielte hier einmal mehr den Mediator und brachte es Sigi so bei, dass wir bei „Leidenschaft" erst gemeinsam am Arrangement feilen mussten und nicht dem Publikum eine „halbfertige Nummer" präsentieren wollten. „Frei" war demgegenüber ziemlich fertig durchstrukturiert. Fall das Publikum im „Keller" eine Zugabe akklamieren würde, dann würden wir den Song probehalber spielen. Sigi war mit diesem Kompromiss ausnahmsweise noch einmal einverstanden...

7
„GET BACK TO WHERE YOU ONCE BELONG"
(John Lennon / Paul McCartney)

Den Gig im „Keller" hatte ich ausgemacht. Wie eigentlich die meisten anderen Auftritte von ZOFF zuvor auch, sehen wir mal vom „Davis" und von der „Häf'n"-Aktion ab, die ja auf dem Mist von Sigi's Mutter gewachsen war. Der „Keller" war eine Location mit Tradition. Ich wohnte fünf Gehminuten davon entfernt, daher war ich dort beinahe Stammgast bzw. schaute mir öfters mal irgendwelche Konzerte an. In diesen Wochen hatte der Andi zufällig einen Auftritt im „Keller" mit dem „Vienna Big Band Project", einer Jazz-Combo, bei der er als Percussionist mitwirkte. Ich war neugierig auf Andi's musikalische Aktivitäten außerhalb von ZOFF, und außerdem ohnedies wieder mal jeden Abend unterwegs. Der Gig mit dem Big-Band-Projekt war im Vergleich zu den ZOFF-Shows hervorragend besucht. Das lag entweder an der Gefälligkeit der Musik oder schlichtweg daran, dass irgendwelche Leute in der Band eine Schar an Fans mobilisieren konnten. Mir gefielen übrigens einige der Konzertbesucherinnen sehr gut, doch waren sie alle in einer Clique, umrahmt von irgendwelchen schneidigen Bubis und finanziell scheinbar gut bestückten Oberarzt-Lookalikes, und somit ging da nix – no way! Ein Hardrock-Prolo wie ich hatte bei diesen fröhlich über Jazz und Swing schnatternden Tussen kein Leiberl. Auch das geplante Ausmachen eines Termins für ZOFF fiel an diesem Abend ins Wasser, da der Chef vom Lokal unauffindbar war (O-Ton eine Kellnerin vom „Keller", wieder mal aus einem östlichen Nachbarland und in prekärem Dienstverhältnis: „Chef nicht da, nix wissen, nix gehen Telefon, vielleicht morgen..."). Diese armen Dinger wurden nicht nur furchtbar schlecht entlohnt, sondern bekamen auch keinerlei adäquate Einschulung und wurden wie schon erwähnt mit allen Problemen allein im Regen stehen gelassen. So musste ich in jeder Hinsicht unverrichteter Dinge abziehen.
Ich hatte an diesem Abend allerdings noch einen Plan B: Tim hatte Eintrittskarten für ein Clubbing namens „Soul-Sugar" in einer aufgelassenen Schule im sechsten Bezirk geschenkt bekommen. Wir fanden uns gegen Mitternacht ein und sondierten erst mal die Lage. Es hatte sich schon jede Menge munteres Jungvolk eingefunden. Immer

wieder trudelten kleine Grüppchen ein, alleinstehende weibliche Wesen waren allerdings die seltene Ausnahme. Ich lümmelte an der Bar und erstand erst mal ein unvergleichlich günstiges Gin-Tonic um sage und schreibe neun Euro. Wie sich die Kids hier das leisten konnten war mir schleierhaft!

Draußen am Dancefloor dröhnte eine Cover-Version von „Get Back", einem alten Beatles-Hadern, bei dem übrigens seinerzeit ein noch ganz junger und unbekannter Billy Preston am E-Piano mitgewirkt hatte (Er startete seine Karriere als Begleitmusiker der Fab Four, zu sehen u.a. in dem Film „Let It Be" in der berühmten Szene auf dem Dach des Hochhauses, in den Siebzigern begleitete Billy Preston dann die Stones auf ihren Tourneen, z.B. zu hören auf dem Live-Doppel-Album „Love You Live" aus dem Jahre 1976). Hier an diesem obskuren Ort projizierten sie zu dem Remix von „Get Back" Visuals an die Wand, die semi-erotische Motive im Vierziger-Jahre-Stil zeigten.

Plötzlich schwebten zwei Mädchen durch die Tür herein. Tim wollte gerade etwas zu mir sagen, doch ich unterbrach ihn mit den Worten: „Du, ich hab' jetzt zu tun!" Sodann versuchte ich vorsichtig, Blickkontakt aufzunehmen. Darauf flüsterte die eine der anderen ins Ohr: „Na Oida, der schaut aber alt aus!" Ich hatte die Worte trotz des infernalischen Lärms verstanden, und wusste: Dies war nicht mein Tag! Tim versuchte mich mit den Worten „Was willst von den zwei Schnitten!" zu trösten, doch ich ergriff wieder mal die Flucht. Der Tag endete übrigens viel, viel später in einer nahe gelegenen Spelunke namens „Einhorn", wo das Gin-Tonic nur drei Euronen kostete, was ich unklugerweise sehr lautstark rühmte (die werden wohl nach meinen Schilderungen betreffend der Preis-Situation bei diversen Clubbings sofort die Preise auf ihrer Getränkekarte nach oben korrigiert haben...). Nach Hause gelangte ich dann auf den gewohnten krummen Wegen – und der nächste Tag war wieder mal ein weißer Fleck im Kalender, also einer jener Tage, an denen ich in Agonie lag und bestenfalls Pfefferminztee trank.

Einige Tage später war ich dann wieder im „Keller", und diesmal war der Chef anwesend, somit konnte ich einen Auftritts-Termin für ZOFF vereinbaren. Die Bedingungen in „Keller" lauteten: Man zahlt nichts für's spielen, man zahlt nichts für den Tontechniker, 30 Prozent des

Eintritts gehört der Band, aber es will leider auch kaum jemand aus dem Beisl-Bereich runter in den Veranstaltungsraum gehen, der nicht eigens wegen der Band gekommen ist.

Ich konnte mich an diesem Tag auch gleich vorort von dieser traurigen Situation überzeugen: An diesem Abend spielte im Keller nämlich der legendäre Al Cook, Wiener Blues-Urgestein, der seine Karriere 1964 unter widrigen Umständen startete, als leider grad die Beatlemania das Rock'n'Roll-Fieber ablöste. Cook's frühe Vinyl-Platten waren im verstaubten Wien eine echte Sensation. Seine Spezialität war das absolut authentische Blues-Feeling wiederzugeben, das den Liedern innewohnte, ein Feeling aus deren Entstehungszeit in den Dreißiger und Vierziger Jahren, noch ehe sich „depperte Rockmusiker" jener Songs bemächtigt hatten und sie verunstalteten, also in meinem Sinne erst so richtig interessant gemacht hatten…

Al Cook spielte also an diesem Abend vor grade mal zehn zahlenden Zuschauern. Er erklärte dann im Verlauf des Konzerts mehrmals, dass er mit der gleichen Begeisterung für zehn Leute spielen würde als seien es ein paar Hundert. Das sprach natürlich für seine Professionalität, aber insgesamt war das ganze ein Desaster.

Ich setzte mich nach dem Auftritt zum „Cooksl", wie er in der Wiener Szene liebevoll genannt wurde, und plauderte ein wenig mit ihm. Mein Anknüpfungspunkt war, dass ich im vergangenen Sommer bei einer Wanderung im Wienerwald in Klein Mariazell einen gewissen Smith kennengelernt hatte, der dort in einer kleinen Wohnung im aufgelassenen Kloster seine Plattensammlung hegte und pflegte und selbiger vor Jahrzehnten das Plattencover für das längst vergriffene Vinyl-Debut-Album von Al Cook händisch gemalt hatte. Al Cook lachte über die Anekdote und ließ dann durchblicken, warum „die Show" so schlecht besucht war: Das „Monatsprogramm" des „Keller" war wegen des „Urlaubs" des Chefs erst zum Monatsende (!) erschienen und in den diversen Lokalen der Umgebung aufgelegt worden. Somit hatte die Werbe-Vorlauf-Phase nicht statt gefunden, sprich: viele Leute hatten von Al Cook's Auftritt schlichtweg nichts gewusst! Die Werbung, die das Lokal groß angekündigt für die Künstler machte, die im „Keller" auftraten, war ganz einfach nicht vorhanden! Hilf Dir selbst, dann hilft Dir Gott - so lautet ein Sprichwort und da ist was Wahres dran.

Ich hatte meine Lektion jedenfalls gelernt und ging wieder mal ein paar Nächte lang plakatieren. Ich verschickte e-mails, ich betrieb Telefon-Terror und machte eine „Special-Promotion-Beisl-Tour": Ich erklärte jedem, der es hören wollte (oder auch nicht), dass ich demnächst im „Keller" auftreten würde.

Zum Konzert fanden sich dann lediglich ein paar Bekannte von Tim ein, die er persönlich eingeladen hatte. Wir verzichteten somit gnädigerweise auf die vier Euro Eintritt, der Türsteher vom „Keller" schlich missmutig von dannen, er würde an diesem Abend sowieso nix zu tun haben.

Über das Konzert selbst möchte ich den Mantel des Schweigens...

Nur soviel: Andi war wieder mal zu spät gekommen, weil es im achten Bezirk verdammt schwer ist, am Abend einen Parkplatz zu kriegen. Ich hatte ja dieses Problem nicht, da ich mein Equipment zu Fuß von meiner Wohnung herübergeschleppt hatte.

Auf der Bühne stand ein Klavier. Während wir auf den Techniker warteten, der ja vom Lokal beigestellt war und der es daher auch gar nicht eilig hatte, vertrieb sich Tim die Zeit mit Fingerübungen am Klavier. Er hatte damit den Sigi sehr verärgert, der natürlich viel lieber eine Blues-Session auf der Gitarre gespielt hätte.

Die Anlage des „Keller" war selbstverständlich plombiert, man war ja schließlich in Wien (in der Stadt der Musik!) und es gab daher immer irgendwo irgendwelche Nachbarn, die sich durch irgendwelchen Lärm gestört fühlten. Die gab's übrigens sogar am Gürtel, wo die ganze Nacht der Autoverkehr braust. Wehe, wenn eine Minute nach Mitternacht noch in einem der Lokale auf der Meile Live-Musik „dröhnt" – schon werden die Freunde und Helfer verständigt!

Wie auch immer – wir spielten den Set leise und emotionslos runter, es gab keine Zugabe. Sigi drängte den Leuten am Ende des Konzerts die „Rathausnummer" auf, dann war Schluss. Die schon geschilderten Diskussionen über die neuen Songs hatten sich somit für dieses mal relativiert. Wir hatten nix eingenommen, eine CD verschenkt und eine Menge Aufwand für nix gehabt. So konnte es nicht mehr weitergehen! Unsere beiden nächsten Auftritte im November waren bereits geplant und auf der Homepage angekündigt, aber was hatte das für einen Sinn?

Es wurden nicht mehr Leute, die zu unseren Konzerten kamen, sondern weniger. Es verbreitete sich kein Lauffeuer, das von unseren

Qualitäten verkündete und es gab auch keine Progression, sprich positive Weiterentwicklung im Bandgefüge oder in der Performance. Alleine Sigi beschwor in diesen Wochen immer wieder den Band-Geist: „ZOFF ist eine Spitzen-Band. Mach' ma was draus! Mach' ma was draus...."

8
„I CAN'T GET NO SATISFACTION"
(Nanker / Phelge aka Jagger / Richards)

Ich war wieder mal unterwegs zu einer Probe im „t-On". Wie so viele Samstage zuvor in diesem Jahr verließ ich gegen Mittag meine Wohnung in der Laudongasse und spazierte mit dem Bass-Koffer zur Station der Autobus-Linie 13A an der Ecke zur Lederergasse. Es war Ende Oktober, die Stadt sah einmal mehr grau und unfreundlich aus. Schließlich kam der überfüllte Bus. Ich stieg ein und lehnte neben dem Entwerter beim mittleren Einstieg. Ein paar Minuten später konnte ich folgende Szene beobachten: Ein dunkelhäutiger Passagier sprang in der Station Lerchenfelderstraße aus dem Bus, um den gerade einfahrenden 46er zu erwischen. Ein altes Ehepaar, so um die jenseits der 80, beobachtete und kommentierte mit zittriger, brüchiger Stimme.

Er: „Aha, der rennt schon, der Neger! Der hat bestimmt was angestellt...."

Darauf sie: „Ja, ja, sowieso, ganz bestimmt!"

Darauf wieder er: „Da schau wie der rennt. Rennen können die ja wirklich gut, die Neger"

Darauf wieder sie: „Ja ja, das sind halt noch, wie soll ich denn sagen, so Naturmenschen, nicht wahr? Sportlich sind sie ja gut, nicht wahr, aber sonst... – na ja" - sie schüttelte den Kopf.

Ich bekam langsam einen Zorn und musste mich zurückhalten, nicht zu kotzen. Dieser Alltagsrassismus war dermaßen widerlich! Solche Dinge nahmen echt überhand...

Ich war also wie gesagt unterwegs zur Probe im „t-On". Kommenden Freitag würden wir im „Siebenstern", dem Parteilokal der KPÖ, auftreten. Christiane, Manfred's Freundin, die unsere Band-Photos geschossen und unsere Plakate entworfen hatte, war Pressesprecherin der KPÖ und hatte uns diesen Auftritt verschafft.

Zu dieser Zeit, nicht zuletzt unter dem Eindruck der gerade geschilderten Szene, begann ich mich ernsthaft auf meine Wurzeln zu besinnen. Ich meine, ich fragte mich des Öfteren, wenn ich in der Früh in den Spiegel blickte, ob ich noch hinter allem stand, das ich tat. Meine politisch linke Gesinnung war mir gewissermaßen in die Wiege gelegt worden. Ich war Kind einer Arbeiterfamilie, mein Großvater war in den frühen dreißiger Jahren Mitglied des Schutzbundes gewesen, als Österreichische Polizei und Heimwehr auf Arbeiter geschossen hatten. Aufgrund dieses Backgrounds und eben dieser Gesinnung hatte ich beschlossen, mich politisch zu betätigen. Durch Manfred und Christiane bestanden ja schon längere Zeit Kontakte zur kommunistischen Partei, für deren Zeitung ich auch schon kleine Artikel, Plattenbesprechungen, etc. verfasst hatte.

Im „e.t.c." hatte ich vor einigen Wochen bei einer Quiz-Veranstaltung ein Pärchen kennengelernt, das in einer linken Splittergruppe namens „Rotpunkt" organisiert war. Sie luden mich ein, doch einmal zu einem ihrer Gruppentreffen zu kommen. Ich ortete hier die Möglichkeit, in dieser politischen Gruppierung Fuß zu fassen und vielleicht auch so etwas wie eine Heimat zu finden und ganz nebenbei als Side-Effekt sozusagen Klientel für „meine" Musik zu gewinnen.

Inwieweit ZOFF ein kompatibles Vehikel war, in der linken Szene zu brillieren, war allerdings mehr als fragwürdig. Abgesehen von Sigi's holzhammermäßigem Auftreten (auch und vor allem gegenüber Frauen) waren da natürlich auch die Texte, die in linken Kreisen nicht unbedingt auf Gegenliebe stoßen würden. Selbst Tim war dies bewusst, hatte er doch sogar schon ein wenig an der Setlist für den Gig im „Siebenstern" gefeilt und diese entschärft, sprich die eine oder andere Nummer aus dem Programm gekippt (sehr zu Sigi's Leidwesen natürlich!). Mein Verhältnis zu Tim's Texten war ja von Anfang an, wie schon erwähnt, ambivalent gewesen. Das war einfach nicht meine Welt. Ich meine: nix gegen Tim, aber er und ich hatten einfach in manchen Belangen eine unterschiedliche Auffassung, was nichts damit zu tun hat, dass wir musikalisch sehr gut miteinander konnten.

Jedenfalls lernte ich bei besagtem Gruppentreffen, das in den ersten Oktobertagen stattgefunden hatte, eine Menge neuer Leute kennen, die meine Freunde werden sollten. Im Amerlinghaus, wo die Heimat der revolutionären Zellen immer schon war, hatte ich gleich mal begonnen, für unseren Auftritt im „Siebenstern" Werbung zu machen, das heißt ich brachte ein Plakat auf dem Klo an. Da die Rotpunkt-Leute für ihre Diskussionsveranstaltungen illegal auf den Straßen plakatierten, fragten sie mich, ob sie meine Konzertplakate nicht gleich mit ihren Ankündigungen zusammen aufkleben könnten. Ich hatte natürlich gar nichts dagegen. Am Ende des Tages ging ich dann selbst mit einem Kleisterkübel bewaffnet durch den sechsten und siebenten Bezirk und klebte was das Zeug hielt, immer Ausschau nach den Freunden und Helfern haltend, die für solche Art von Werbung ja bekanntlich nicht viel übrig haben.

Zwei Genossinnen mit Palästinensertüchern und Anti-IRAK-War-Buttons begleiteten mich und versprachen auch, zum Auftritt ins „Siebenstern" zu kommen. Letztendlich war ich für diese Kids aber wohl doch ein paar Dezenien zu alt, sie erschienen jedenfalls nicht im „Siebenstern" beim einige Wochen später stattfindenden Konzert. Der Auftritt dort ist mir trotzdem recht angenehm in Erinnerung. Die Tontechnik im Lokal war anständig, vom Eintritt durften wir die Hälfte behalten, was wollten wir also mehr? Wir waren wieder mal überpünktlich erschienen, der Techniker würde sich verspäten, weil er zuvor bei einer Diskussions-Veranstaltung der KPÖ in St.Pölten die Tonregie hatte machen müssen, und noch auf der Autobahn in Richtung Wien unterwegs war. Wir vertrieben uns die Zeit und spielten uns warm mit „Honky Tonk Woman" und anderen alten Rolling Stones- und KISS-Hadern. (Anmerkung: Die Stones und KISS waren Sigi's frühe Idole. KISS waren berühmt für ihre Masken und aufwendigen Bühnenshows in den diversen Stadien der USA. Die wenigsten wissen, dass deren Masterminds Paul Stanley und Gene Simmons 1972 eine vielversprechende Band namens WICKED LESTER ins Leben riefen, die es nie über (heute hochpreisig gehandelte) Demo-Aufnahmen gebracht hat. KISS wurden 1973 durch Pete Criss und Gitarrero Ace Frehley komplettiert – „the classic line-up" – es hielt sich bis 1980. Im 21. Jahrhundert sind KISS ihre eigene Cover-Band und überraschen vor allem durch hohe Ticket- und Merchandising-Preise...) Wie auch immer - ein paar Leute vom Lokal schauten neugierig in den Veranstaltungs-Raum herein, einige unserer Freunde waren anwesend, und so begannen wir, als der Tontechniker eingetroffen war, nach kurzem Soundcheck mit unserem Gig.

Tim eröffnete mit dem Gitarrenriff zu „Früchte des Zorns", ich kam dazu, hängte mir den Bass um, spielte ab Takt Nummer 9 mit, dann rannte der Andi auf die Bühne und stieg mit einem kurzen Break in diese Up-Tempo-Nummer ein. Schlussendlich kam Sigi, wie beim Motorrad-Grand-Prix, wenn die Fahrer aus den Boxen zum Startplatz und ihren Maschinen laufen, schnappte sich seine Gitarre und schrie auch gleich drauf los: „Hey! Er hat auf seinem T-Shirt 'nen germanischen Gott..."

Die paar neugierigen Gäste vom Lokal hatten sich bald verlaufen, sprich waren wieder draußen an der Bar des Lokales, nicht ohne darauf zu achten, dass beim Hinausgehen die Tür zum Veranstaltungs-Raum ordentlich geschlossen wurde. Wir waren für dieses Lokal und diese Art von Publikum ganz einfach ZU LAUT!

Sigi war mit seinen Ansagen unterwegs wie immer, betonte bei der „Kaffeesudleserin", dass dieser Song von IHM komponiert worden war, und hatte mit dem Mitsing-Teil von „Viel zu schnell" noch den meisten Applaus. Der Set war wie gesagt ein wenig gekürzt worden, sodass nach unserem Schluss-Song die Leute tatsächlich noch eine Zugabe wollten. Jetzt kam mein später Triumph: Wir spielten „Frei", ein vergleichsweise ruhiges, fast ein wenig souliges Stück. Sigi sang es gar nicht mal so schlecht und wir ließen ein paar verblüffte Leute zurück, die nach DIESEM Set mit einem solchen Song nicht gerechnet hatten...

Nachdem ich wieder mal die volle Ladung Verstärker und Gitarren in meiner Wohnung in der Laudongasse verstaut hatte, musste ich noch runter ins „e.t.c.", um den Abend ausklingen zu lassen. Die Kellnerin wollte gerade die Abrechnung machen und ich überredete sie, „noch ein Getränk" mit mir einzunehmen. Es endete damit, dass sie, nachdem sie das Lokal abgeschlossen hatte, mich ins „La Cerveza" mitnahm und wir dort noch den einen oder anderen Tequila tranken. (Anmerkung: Das „La Cerveza" dient allen Gastronomiebediensteten des Grätzels zum Runterkommen nach ihrer Schicht und hat dementsprechend bis weit in den Morgen hinein geöffnet). Völlig aufgewühlt ging ich also früh morgens um 4 Uhr 45 zu Bett und legte am nächsten Tag zum Frühstückskaffee die Eagles und „New Kid in Town" auf (Anmerkung: Der alte Wolf wird langsam senil, oder? Das „Hotel California"-Album aus dem Jahr 1976 darf ja in keiner Plattensammlung „für gewisse Anlässe" fehlen. „New Kid in Town" ist weit mehr als eine Rock-Schnulze und gibt jenes Lebensgefühl wieder, das angeblich jeden (Mann) in der Mitte des Lebens überfällt.)

Am Abend dieses Tages brachte ich Tim zum Flughafen. Er hatte in Kasan in Russland zu tun. Es ging darum, für einen Dokumentarfilm zu recherchieren, den er drehen wollte. Es sollte um das Leben der Tataren in Russland und ihre quasi „Autonomie" gehen. Tim verlagerte also den Schwerpunkt seiner Aktivitäten weg von der Musik, so viel war klar.

Ein paar Tage später...

Ich war auf dem Heimweg von einer Demo, die meine revolutionären GenossInnen vom „Rotpunkt" organisiert hatten. Wir hatten gegen Nazi-Skin-Heads demonstriert und sie an einer Kranzniederlegung gehindert. Danach hatten wir noch gemeinsam „Ciao Bella" gesungen und anschließend im Cafe „Nil" diskutiert. Ich hatte jede Menge Tee mit Geschmack getrunken. Es war mir nicht gelungen, einer Genossin, die ich grad kennengelernt hatte und sehr sympathisch fand, ein wenig näher zu kommen. Ich lief nun also durch die Nacht, suchte das Abenteuer, ich hatte nichts zu verlieren!

In dieser Nacht war es feucht und kalt, wie es sich halt für Anfang November gehörte. Nebelschwaden hatten sich über die Stadt gesenkt und verpassten ihr das Ambiente eines alten Edgar Wallace Films (ja, genau die mit dem ewig irren Klaus Kinski!). Mein Weg führte mich durch die Burggasse im Siebenten Bezirk (ich war wieder mal auf krummen Wegen gegangen...) und somit direkt zum „wirr". Aus dem Lokal im Souterrain dröhnte laute Musik und Gelächter. Ich stieg die Treppe hinab und meine Augen mussten sich erst an die Dunkelheit gewöhnen und sich einen Weg durch den Rauch von unzähligen Zigaretten und dem einen oder anderen Joint bahnen. Es gab Live-Musik und auf der Bühne stand ein Gitarrist, den ich gut kannte: Ritchie, ein alter Kumpel aus Purkersdorf. Er hatte früher in einer Metal-Cover-

Band gespielt und sich neuerdings auf die elektronische Mucke, sprich House-Grooves mit Gitarren-Overdubs verlegt. Das gefiel mir! Diese Musik versprühte positive Vibes, die Leute tanzten dazu, die Hütte war zum Bersten voll. DAS hatten wir mit ZOFF noch nirgendwo geschafft.

Nach dem Gig sprach ich den Ritchie an und wir plauderten letztendlich stundenlang über dies und das, und was unsere musikalische Vergangenheit, Gegenwart und Zukunft war bzw. sein könnte. Aus diesem Gespräch entstand in weiterer Folge eine enge Zusammenarbeit, vorerst offiziell ein „Side-Project" neben ZOFF, das jedoch meine weitere musikalische Zukunft sehr beeinflussen und fördern sollte...

Es ereigneten sich in dieser Nacht noch einige andere seltsame Dinge. Ein Betrunkener, den ich aus dem Grätzl schon kannte, stolperte herein und konnte sich gerade noch bei mir anhalten, ehe er der Länge nach hinflog. „Habe die Ehre, Herr Doktor" begrüßte er mich sodann, als er wieder aufgestanden war, um dann mit den Worten „Gestatten, Columbo mein Name" fortzusetzen. Sein Mantel wirkte in der Tat ein wenig wie der von besagtem Inspektor, den einst im Jahr Neunzehnhundertfeuerzeug Peter Falk gegeben hatte, doch meine Augen waren anderswo.

Eine Frau aus dem Dunstkreis von Ritchie und seinen Afficionados aus Purkersdorf war mir schon die längste Zeit aufgefallen. Zuerst hatte ich das angenehme Timbre ihrer Stimme inmitten des Tumults und Stimmengewirrs wahrgenommen, danach hatte ich mich in den Tiefen ihrer schwarzen Augen kurz verloren. Ich sprach sie schließlich an, nachdem ich mir schon unzählige Tequila's hineinoperiert hatte und sie irgendwann endlich neben mir an der Theke lehnte. Wir kannten uns vom Sehen schon länger, doch ich hatte sie nie näher kennengelernt. Sie hieß Amanda (Anmerkung: Der Name ist einmal mehr der Redaktion und dem Verlag bekannt, aber aus Gründen der Ehrerbietung, und weil ich ein Gentleman bin, geändert), und sie war eine Sünde, oder zumindest eine Dummheit, wert. Sie wohnte wie gesagt in Purkersdorf, und sie war mit dem Auto gekommen. Es wäre nicht klug gewesen, wäre sie in diesem Zustand nach Hause gefahren. Das konnte ich ihr so nicht sagen, aber sie erleichterte es mir, indem sie erklärte, sie würde gerne mal in Ruhe mit mir plaudern und hier sei es so laut...

So gingen wir zu mir nach Hause, denn es war nicht weit. Wir saßen in meinem Wohnzimmer auf der Couch und tratschten miteinander – mehr nicht. Was weiß ich, wieso es nicht zu mehr kam!

Ich war einfach zu schüchtern, obwohl ich ihr unheimlich gerne an die Wäsche gegangen wäre. Ich wollte jedoch nicht ihre Betrunkenheit ausnützen und ich hoffte auf ein weiteres Zeichen von ihr. Dieses kam aber nicht. Ich bot ihr dann früh morgens meine Couch zum Schlafen an, denn ich wollte sie so nicht gehen lassen. Danach zog ich mich in mein Schlafzimmer zurück.

Als ich erwachte, war sie natürlich schon längst gegangen. Da sie mir im Zuge des Abends ihre Telefon-Nummer gegeben hatte, rief ich sie im Lauf des Tages noch mal an, erreichte aber nur ihre Mobil-Box. Sie antwortete mir dann später per SMS, dass sie gut heimgekommen sei und bedankte sich bei mir...

Diese Episode hätte ein schönes Erlebnis werden können und hinterließ stattdessen bei mir einen melancholischen Nachklang. Ich will hier keinesfalls „versäumten Gelegenheiten" nachtrauern, aber diese bewog mich dazu, mein Leben nachhaltig zu ändern und die Dinge endlich in die Hand zu nehmen. Es begann damit, dass ich in mich selbst hineinhörte. Gleich am Tag danach packte ich meinen Rucksack und machte wieder eine meiner berüchtigten Gewalttouren auf meinen alten Wegen durch den jahreszeitbedingt schon etwas kahl gewordenen Wienerwald. Diese Bäume! Wie oft ich schon an ihnen vorübergehastet war. Sie hatten mich schon in allen möglichen seelischen Verfassungen gesehen und würden noch stehen, wenn ich längst zu Staub zerfallen war. Sie waren eine der konstanten Größen in meinem vertrackten Dasein, so wie der Rock'n'Roll.

9
„ES HAT NICHT FUNKTIONIERT, DAS MUSS MAN AKZEPTIEREN"
(T.T.)

Nach besagter Woche kehrte Tim aus Kasan zurück und war irgendwie verwandelt. Das Film-Projekt stellte für ihn eine gänzlich neue Herausforderung dar, und er sah für sich offenbar eine neue berufliche Zukunft darin. Ich holte Tim vom Flughafen ab. Wir tranken gleich mal einen Kaffee, sozusagen als „Welcome Back To Vienna". Dabei zeigte er mir ein paar Demo-Aufnahmen mit der Hinterbandkontrollfunktion seiner Kamera.

In Kasan hatte er ein Mädchen kennengelernt und ein paar Tage bei ihr gewohnt. Die Sequenz zeigte nun, wie sie mit dem Samowar Tee kochte. Ihr Telefon läutete und Tim hob statt ihr ab. Am anderen Ende der Leitung schien jemand zu sein, der erstens sehr verblüfft schien, dass ein ihm unbekannter Mann abgehoben hatte, und zweitens dieses gar nicht lustig fand. Tim seinerseits trieb die Situation auf die Spitze, hielt den Telefonhörer mit der mittlerweile laut und zornig kreischenden Stimme des Anrufers weit von seinen Ohren weg und murmelte nur belustigt mit aufgesetztem französischen Akzent: „'Allo? 'Allo?" Glücklicherweise konnte Tim unbehelligt seinen Heimflug erreichen, ehe der ungehaltene Typ womöglich mit einer Kalaschnikov bewaffnet und in Begleitung von mehreren ernst dreinblickenden Herren in besagter Wohnung erscheinen konnte…

Tim war also wieder zurück und ZOFF waren wieder komplett. Die Reaktionen auf unseren Auftritt im „Cafe Siebenstern" waren durchwegs positiv gewesen. Ich war daher drauf und dran, wieder an eine Zukunft von ZOFF zu glauben, nicht zuletzt auch deshalb, weil die Leute positiv auf „Frei" reagiert hatten (Wow! Mein Song! Woran erkennbar wird, dass auch ich nicht frei von der Sucht nach übertriebener Selbstdarstellung bin).

Tim sah es anders. Unser nächster Auftritt war Ende November, und er sollte eigentlich der letzte für diesen Herbst sein. Wir würden ins „e.t.c." zurückkehren, wo vor nicht ganz einem halben Jahr alles so vielversprechend begonnen hatte. Am letzten Sonntag im November war es nämlich Tradition, dass im „e.t.c." ein Brunch mit Live-Musik stattfand. Diesmal sollte es eben ein „Rock-Brunch mit ZOFF" werden.

Mit den anderen hatte Tim noch nicht darüber gesprochen, aber mir gegenüber hatte er durchblicken lassen, dass ZOFF für ihn mit Ende dieser Saison ad acta gelegt sei.

Im Gegensatz zu den vorangegangenen Jahren und auch den letzten Tagen war nun dieser letzte November-Sonntag des Jahres 2004 nicht nebelverhangen, sondern strahlend schön und warm. Dementsprechend war es kein Tag zum Abhängen in einem verrauchten Lokal – die Leute wollten raus, noch einmal in diesem Herbst die Sonne genießen - schlecht für uns!

Es hatten sich im „e.t.c." also neben dem überproportional vorhandenen Servierpersonal (auf zwei erwachsene Gäste kamen eine Kellnerin bzw. ein Kellner) noch zwei Familien eingefunden, die aus dem persönlichen Freundeskreis von Rudi, dem neuen Chef des „e.t.c." stammten. Er hatte noch beteuert, für diese Veranstaltung großartig werben zu wollen. Außer einem unleserlichen Kreide-Geschmier auf der Tafel hatte er jedoch diesbezüglich nichts zuwege gebracht. Er erklärte verdrossen: „Mein Drucker ist kaputt, und außerdem sind die Druckerpatronen so teuer, was glaubt's Ihr denn? Wir müssen eh schon das ganze Servierpersonal bezahlen!" So bekam dieser Brunch den Charakter einer schlecht besuchten Kinderjause. Ich hatte grundsätzlich kein Problem damit, für Kinder und deren Eltern (ja, ja, vor allem die feschen Mami's...) zu spielen, alleine diesen war unsere Darbietung einmal mehr viel zu laut, bzw. war das „e.t.c." schlichtweg kein Lokal für eine laute Rockband!

Es kam schließlich zu diesem Song, den Sigi mit den Worten „... und jetzt singen wir alle „Hau ab!" ankündigte. Der Song hatte zwar keine Mitsing-Qualitäten, aber was soll's! Sigi schrie sich wieder einmal die Seele aus dem Leib, denn er hatte bei diesem Lied keine Gitarre umgeschnallt und musste daher durch besondere Stimmlautstärke seinen Platz in der Band behaupten. Eine der anwesenden Frauen schaute belustigt diesem Spektakel zu. Ihre zwei Gschrappn blickten aber so erschreckt drein, dass sie die beiden schließlich mit ihrem Mann in Sicherheit, sprich 'raus in den vorderen Teil des Lokales brachte. Sigi „sang" dazu gerade den Refrain der Nummer mit der legendären

Textzeile: „Es hat nicht funktioniert, das muss man akzeptieren" (wie wahr...)

Einmal mehr beendeten wir einen Gig vor leerem Saal. Ich war von den „e.t.c."-Leuten für mein geiles Outfit gelobt worden (hatte ich doch diesmal meine rosa Spandex-Hose aus den Achtzigern hervorgekramt), man bedauerte, dass nicht mehr Leute gekommen waren, „...aber da kann man halt nix mach'n!"

Wie gesagt, eigentlich hätte die Geschichte hier enden sollen. Doch es gab noch ein Apres, man könnte es nennen „Sigi in Space": Einen Tag zuvor hatte ich nämlich den Anruf von der „Backdoor-Bar" in Wiener Neudorf erhalten, jenem Lokal, das im Schlepptau eines Musik-Großhandels-Geschäftes ein kümmerliches Dasein draußen vor der großen Stadt führte (einige Jahre später sollte der ganze Laden in Konkurs gehen). Immerhin war es dort damals noch so, dass die Bands für's Spielen nix bezahlen mussten, dafür mussten sie aber selbst dafür sorgen, dass sich Publikum in diese „entern Gründ" traute. Dies hatte sich übrigens bald darauf geändert. Es wurde dann von den Bands eine „Ausfallzahlung" eingehoben, falls weniger als 50 Leute kamen. Im Zuge unserer Booking-Aktivitäten im Spätsommer hatte ich mich jedenfalls in der „Backdoor-Bar" beworben, nun kam die späte Antwort: Wir würden am 10.Dezember als Support für die „Na Na Heys" spielen, da eine andere Band ausgefallen war...

So kam es also, dass wir nach diesem Desaster im „e.t.c." einen weiteren, einen allerletzten Gig spielen würden. Dass es der wirklich Allerletzte war, das hatte Tim beschlossen und dem Sigi bis dato verheimlicht. Andi und ich wurden offiziell eingeweiht, während Sigi nach dem unseligen „Rock-Brunch" gerade an der Bar mit seiner Gage beschäftigt war, sprich ein Krügel nach dem anderen kippte, nachdem er das Buffet bereits ziemlich leergefressen hatte. Andi und ich sollten jedenfalls bis auf weiteres still halten, Tim würde es dem Sigi schon irgendwie und irgendwann verklickern. Aufgrund von vielen Terminen, die Tim in den kommenden Wochen hatte, würde es bis zum 10.Dezember auch keine Proben mehr geben, wir beherrschten den Set ja sowieso.

Ich half an diesem Sonntag Abend nach dem „Rock-Brunch" dem Andi noch mit dem Transport und dem Hinauftragen der Drums in seine Wohnung in den dritten Stock und verabschiedete mich von ihm mit den Worten, dass es mir eine Ehre gewesen war, mit ihm zu spielen. Unsere Zusammenarbeit würde ja demnächst ein Ende haben.

Ich kehrte ins „e.t.c." zurück, wo der Sigi noch mit einem Motorrad-Kumpanen und dessen Freundin zusammen saß und Bier trank. Die beiden waren während der letzten Nummer unseres Auftritts ins Lokal gekommen, und Sigi ließ sich von ihnen feiern. Ursprünglich waren sie ja zu dritt gewesen, doch die Freundin der Freundin war sehr bald wieder gegangen. Ich war also schon wieder mal zu langsam gewesen...

Dafür erschien zu später Stunde noch Zenzi, Sigi's Interimsfreundin mit den blonden Zöpfen. Da Sigi schon sehr bezecht war, half sie ihm beim Zusammenpacken seines Equipments, das heißt sie packte alles für ihn zusammen und schleppte es hinaus in ihr Auto. Mich würdigte sie dabei keines Blickes. Ahnte sie etwas von Tim's Absichten und meinem Wissen darüber?

Sigi tat mir jetzt fast leid: Alle wussten vom nahen Ende von ZOFF, bloß er nicht. Mir wurde bewusst, wie unmenschlich und gemein unsere Szene, sprich das Musikbusiness manchmal sein konnte. Wollte ich da wirklich noch länger mitmachen?

10
„KNOCKING ON HEAVENS DOOR"
(Bob Dylan)

Die Bühne war dunkel und die Dekoration schlicht. Tim war barfuß, er trug eine schwarze Lederhose und ein einfaches Hemd, das nur zur Hälfte zugeknöpft war. Er gab ein Ein-Personen-Stück nach den Fragmenten eines gewissen Villon, eines Vagabunden aus dem Frankreich des 14. Jahrhunderts oder so. Tim schrie die Worte eines unglücklich Verliebten mit Inbrunst hinaus: „Ach! Ich bin so verliebt in Deinen Erdbeermund!" Er kopulierte dabei den Boden und vergoss Theatertränen. Die anwesenden Damen im Publikum waren sichtlich berührt.

Doch es wäre nicht Tim, gäb's da nicht auch die andere, die etwas bösere Seite: „...und wenn's auch hundert Schönere gibt, ich habe mich in DICH verliebt."

Das war's also, Tim hatte bei Altmeister Villon geklaut, von ihm stammte diese Textzeile eines ZOFF-Gassenhauers, der leider nie ein solcher geworden ist.

Tim war nämlich so ganz nebenbei auch wieder zur Schauspielerei zurückgekehrt, mit der er ja begonnen hatte, ehe er sich auf die Rockmusik verlegt hatte. Schon in den Neunziger Jahren war er in einem Theater im hohen Norden Tschechiens aufgetreten und hatte sich dort von den jungen Elevinnen als deren „Spielmeister" feiern lassen, der alte Schlingel! Tim spielte nun also eine Serie „Villon" im „Les Miserable", dem kleinsten Theater Wiens, in der Josefstadt gelegen, dessen Direktor übrigens sein Geld hauptberuflich als Koch in einem nahegelegenen Swinger-Club verdiente. Reich werden würde Tim mit der Schauspielerei natürlich auch nicht, aber er brauchte wieder Erfolgserlebnisse auf der Bühne. Mit einer Band, die ihr Publikum vertrieb, waren diese nicht zu holen, soviel war klar.

Wir hatten alle bereits unsere Karriere nach ZOFF in Arbeit: Andi machte die Ausbildung zum Aerobic-Trainer, ich begann gerade, mit dem bereits erwähnten Ritchie eine neue Band zu formieren, allein Sigi wusste noch nichts von seinem Glück...

Ich hatte noch schnell die letzten Plakat-Rohlinge aufgeklebt, die ich in meiner Wohnung gefunden hatte. ZOFF – HIER UND JETZT LIVE, so kündigte ich großartig unseren Schwanengesang an. Wir spielten also in der „Backdoor Bar" den Support-Act für die „Na Na Heys". Wir kamen nach Wiener Neudorf mit dem Gefühl der absoluten Coolness, für uns drei Wissenden ging es um nichts mehr, für Sigi war's ein Gig wie jeder andere, und er war wie immer von sich überzeugt.

So spielten wir das lockerste und vielleicht überzeugendste Konzert unserer Karriere, übrigens Gig Nummer zehn! Den Song „Körper wie im Rausch" eröffnete Sigi wie immer mit „Uno, due, tres, quattro(!)", die Mädels, die mit den „Na Na Heys" mitgekommen waren, shakten brav mit, und wir hatten letztendlich eine absolut positive Resonanz auf unseren Auftritt. Der Wirt der „Backdoor Bar" hielt Sigi für einen begnadeten Entertainer und wünschte uns viel Glück für unsere weitere Karriere.

Sigi trank zur Feier des Tages nach dem letzten Song gleich mal das eine oder andere Bier und ließ es sich nicht nehmen, den „Na Na Heys" während ihres Auftrittes ordentlich hineinzufunken und gute Ratschläge beim Spielen zu geben („...der Sänger, i waaß net. Der muaß richtig LAUT singen, i hör nix..."). Die Jungs nahmen es aber mit Humor und baten uns nach ihrem letzten Song sogar zu einer gemeinsamen Session als Zugabe auf die Bühne. So spielten Sigi, Tim und ich mit den „Na Na Heys" eine Cover-Version von „Knocking on Heavens Door" und als krönenden und dröhnenden Abschluss „Sweet Home Alabama".

Wir hatten selten so viel Spaß bei einem Auftritt gehabt, eigentlich tat es mir jetzt fast leid, dass die Chose vorbei sein sollte.

Trotzdem - Tim verkündete am nächsten Tag eine dreimonatige „Nachdenkpause", er erklärte dem Sigi, dass es keinen Sinn machen würde, ständig schlecht besuchte Konzerte zu spielen. Nach diesen drei Monaten würde Tim entscheiden, wie es seiner Meinung nach mit ZOFF weitergehen solle. Er hatte damit übrigens nicht unrecht. Denn selbst Robbie Williams würde es nie einfallen, innerhalb eines halben Jahres zehnmal in der gleichen Stadt aufzutreten...

Ich wurde gegen Ende des Jahres des Herumziehens müde und auch Sigi's Schwänke wurden müder: Irgendwann hatte er sich mit Nina, seiner Ex-Freundin, wieder ausgesöhnt. Sie heißt natürlich auch in Wirklichkeit ganz anders, und ich habe mit Rücksicht auf sie ihren Namen geändert. Dabei habe ich mich übrigens von der geheimen Leidenschaft von Sigi und Tim für die damals sehr bekannte Schauspielerin und Sängerin Nina Proll leiten lassen (har har)!

Sigi war also wieder mit Nina zusammen und wollte sie groß ausführen. Bei mir in der Laudongasse gab's ein Running-Sushi-Restaurant. Sigi hatte mich gebeten, auch bei dem Treffen dabei zu sein, da er Angst hatte, das Lokal nicht zu finden.

Mit fortschreitendem Bier-Konsum lief er wieder zur Höchstform auf und sprach ständig von seinen außergewöhnlichen gesanglichen Qualitäten. Und während bei allen anderen anwesenden Pärchen jeweils der Mann die Frau formvollendet verwöhnte und ihr vom Förderband die Köstlichkeiten reichte, war's bei Sigi umgekehrt. Er benzte permanent, Nina möge ihm dies und das reichen. Sodann kostete er vorsichtig: Schmeckte es ihm, verschlang er alles mit Heißhunger, schmeckte es ihm nicht, verzog er angewidert sein Gesicht und der Teller wanderte rüber zu ihr...

Sein Glück war, dass auch Nina sich gerne betäubte, so endete dieser Abend für beide friedlich zu fortgeschrittener Stunde, während ich schon längst nach Hause abgebogen war und in Morpheus' Armen lag.

Sigi hatte mich unter anderem auch deswegen um den Gefallen gebeten, mit ins Sushi-Restaurant zu kommen, da Tim sich weigerte, mit ihm noch einmal gemeinsam in ein Lokal zu gehen. Einige Wochen zuvor hatten sie sich nämlich zufällig im ersten Bezirk im Tri-Cafe getroffen, Tim hatte für sich etwas bestellt, Sigi, der wie immer knapp bei Kasse war, meinte nur, er habe keinen Hunger. Dann stibitzte er jedoch ständig mit seinen Fingern kleine Happen von Tim's Teller, bis es diesem zu bunt wurde und er Sigi drohte, ihm mit der Gabel in die Hand zu stechen, falls er noch einmal etwas von seinem Teller nahm…

Mein Projekt mit dem Ritchie stand unterdessen bereits auf Schiene und nannte sich „2 High 2 Fly". Meine Connection zur linken Szene hatte ich genutzt und einen Gig bei einem Festl aufgestellt. Das Konzert fand im „B72" (am Gürtel, in der Nähe vom Chelsea) statt und war eigentlich eine Party mit einer Live-Band und anschließender DJ-Line. Das heißt, es durfte getanzt werden bis zum Abwinken...

Sigi hatte es natürlich spitz gekriegt und war auch erschienen. Er war bereits bei seinem Eintreffen illuminiert, trug sozusagen das Blaulicht auf dem Kopf (wieder mal so ein schönes Zitat, das leider nicht von mir stammt...).

Der Ritchie und ich ließen uns nicht beirren. Gemeinsam mit unserem Keyboarder spielten wir unsere Sound-Installation zu den elektronischen Beats - und dem Publikum gefiel's. Wir waren auf dem richtigen Weg. Einige hatten uns schon angesprochen, ob wir denn nicht Vocals dazunehmen sollten. Der nächste Step würde daher sein, ein oder zwei MC's, also Sänger, in die Band zu nehmen, und ein bisschen auf Hip-Hop und Ragga zu machen...

Sigi lungerte an der Rückwand des Lokales und beobachtete das Szenario mit glasigen Augen. Einmal holte er die Mundharmonika hervor und spielte laut und falsch zu unserer Musik, dann schlich er wieder zur Bar und tankte nach. Gelegentlich murmelte er: „Wir hätten was draus machen sollen, wir hätten was draus machen sollen..."

Ein paar Mädels hatten es ihm offensichtlich angetan, und er folgte ihnen irgendwann mal auf die Damen-Toilette. Mit den Worten „Wo is'n do des Klo, i muaß scheissn!" hatte er versucht, bei einer der Genossinnen zu landen, doch war er hier in diesen Kreisen und mit diesem Spruch gänzlich an die Falschen geraten. Er konnte von Glück reden, dass sie kein Pfefferspray dabei hatte, und musste sich trollen.

Ich baute mein Equipment nach unserem Gig sehr schnell ab und blieb nicht länger, denn mir war nicht nach Tanzen zu Mute, obwohl... Hey! Hey! Hey! Da war mir doch so eine Tusnelda mit extralangen Dreadlocks aufgefallen, sie war auf unsere Art von Reggae und Dub extrem abgefahren. Ihr Studiosi-Freund schien eine echte Schlaftablette zu sein, vielleicht sollte ich dem Trottelburli (Anmerkung: Blödmann) zeigen, wo der Bartl den Most holt (Anmerkung: ...wo der Hammer hängt), ich würde ihm seine Begleiterin schon ausspannen, sie hätte sicher als Groupie getaugt, und ich war schließlich schon Rockstar gewesen, da war dieser Fuzzy noch nirgends... – ach was: ich brauchte sowieso Ruhe zum Nachdenken und um mein Leben neu zu ordnen, also ließ ich es besser bleiben, ehe ich mich noch blamierte. Und ähnlich dem Fuchs, dem die Weintrauben zu hoch zum Erreichen waren, stellte ich abschließend noch fest, dass die Kleine mir sowieso nicht wirklich gefallen hatte. Den Sigi hatte ich in dieser Nacht übrigens nicht mehr gesehen, vermutlich suchte er am nächsten Morgen immer noch das Klo!

Der Winter ging vorüber, vorsichtig kündigte sich der Frühling an. Ich hatte beschlossen, mir eine neue Wohnung zu suchen. In diesen Wochen und Monaten sah ich Sigi nur selten. Er versuchte, den Kontakt mit mir aufrecht zu erhalten und spürte instinktiv, dass mit besagter „Nachdenkpause" das Ende von ZOFF angebrochen war. Irgendwann mal trafen wir uns im 17. Bezirk, da Sigi dort zufällig zu tun hatte und ich mir in der Rosensteingasse eine neue Wohnung für mich ansehen wollte. Sigi war wie so oft viel zu früh dran. Wir telefonierten miteinander, und ich sagte ihm, er solle beim „Chinesen" neben der zu besichtigenden Wohnung auf mich warten. Sigi hatte aber beim gegenüberliegenden Eingang zum Post-Sport-Gelände (mit dem zugehörigen

„Sport-Stüberl") das Werbeschild einer in der Nähe befindlichen „Karibik-Bar" entdeckt. Natürlich stürmte er ins „Sport-Stüberl", in dem Irrglauben, die karibischen Schönheiten würden ihn dort bereits erwarten...

Ich wollte also mein altes Domizil und somit auch das „Lotterleben" in der Laudongasse aufzugeben. Das mit der Wohnung sollte noch eine ganze Weile dauern. Es war aber Teil des Konzeptes „mein Leben neu ordnen". Ich wollte wieder einer Frau Platz in meinem Leben geben und nicht nur ständig auf der Jagd sein und von schönen (erotischen) Erlebnissen träumen (mal abgesehen von spätnächtlichen Ausflügen in die virtuellen Welten mancher „privater" Fernsehkanäle, auch SO tief war ich schon gesunken...)

DIES waren also eindeutig nicht die richtigen Rahmenbedingungen. Eine Band, die vor allem durch den einen oder anderen frauenfeindlichen Text und einen alkohol-missbrauchenden Sänger auffiel, war für diesen „new deal", den ich da gerade für mich proklamierte, der sub-optimale Background. Tim's Entscheidung kam mir daher sehr zupass.

Nach Verstreichen der „Nachdenkpause" wurden ZOFF am 11. März 2005 offiziell aufgelöst, ich stellte eine kurze Meldung auf unserer Homepage on-line, und das war's dann! War's das? Nicht ganz...

Wayback in Kaisermühlen (es war einmal in Kaisermühlen...)

Das Gebiet des heutigen 21. und 22. Wiener Gemeindebezirkes war einst eine morastige Landschaft. Es bestand ursprünglich aus Inseln zwischen ständig nach Überschwemmungen sich neu bildenden Donauarmen. Erst durch das händische Graben des „regulierten Donaustromes" in der zweiten Hälfte des 19. Jahrhunderts wurde dieser Landstrich trockengelegt. Dies war also Trans-Danubien, eine andere Welt mit anderen Menschen als diesseits der Donau. Es mag nun so aussehen, als würde ein „BoBo" (Life-Style-Grüner) und Edelkommunist auf die Banlieus von Wien herabsehen, aber mir liegt natürlich auch DAS fern. Das Ambiente der Betonburgen und Gemeindebauten war aber, so dachten wir jedenfalls, der ideale Rahmen für…

Sigi Pfisterer's Rockshow!

Tim hatte nämlich wieder mal eine Idee gehabt. Er wollte Sigi's Holzhammer-Auftreten kultivieren und ein Fernsehformat daraus machen. Da Tim ja gerade dabei war, in die Filmproduktion einzusteigen, drehte er mit Sigi und mir den Pilot zu einer noch zu produzierenden Staffel einer besonderen, noch nie dagewesenen Talk-Show. Noch einmal kam besagte Sub-Standard-Wohnung in Kaisermühlen zu Ehren. Die Einstellung zeigte Sigi und seinen Gast, jeweils einen Musiker aus der Wiener Szene (keine internationalen Gäste wegen der Produktions-Kosten, eh kloa!). Es sollte über irgendein Thema diskutiert werden, diesmal war es „die Mundharmonika in der Rock-Musik". Sigi spielte ein paar ausgewählte Platten vor, ich mimte den Gast und erzählte ihm von einem Konzert der J.Geils Band, das ich mal gesehen hatte (die hatten 1982 im Vorprogramm der Rolling Stones im Wiener Stadion gespielt und hatten einen Ausnahme-Harp-Spieler namens „Magic Dick", does anybody remember?). Irgendwie kam die Sache jedoch nicht ins Laufen. Sigi war zu verkrampft und genau jetzt, wo er sollte, NICHT holzhammer-mäßig. Am besten war noch, wie er zu Iron Maiden's „The Trooper" auf der Mundharmonika spielte, das hatte was von Grenz-Genialität. Sigi's Paraderolle war der Haus-Kasperl (und noch ein Zitat, das nicht von mir stammt), und dieser Rolle wurde er wieder voll gerecht. DAS war aber nicht Tim's Konzept gewesen. So hatte letztendlich auch das nicht funktioniert, das musste man schon akzeptieren...

ZUGABE !

Im November 2005 feierte ich meinen 43. Geburtstag. Wir hatten ZOFF mehr als ein halbes Jahr zuvor zu Grabe getragen. Sigi war natürlich zur Party ins „e.t.c." eingeladen. Er wäre auch gekommen, wenn ich ihn nicht eingeladen hätte, wie es halt so seine Art war...
Es machte mir alles nichts aus - ich hatte nämlich gerade eine neue Freundin. Ich hatte sie über's Internet kennengelernt und ich war überglücklich! Meine musikalische Karriere lief ebenfalls gut, ich war ein gefragter Bassist. Mit Ritchie's Projekt „2 High 2 Fly" war ich am Volksstimme-Fest aufgetreten. Tim stellte gerade eine neue Band mit mir zusammen und wir waren im Studio dabei, ein Album zu produzieren. Mit zwei Herren von einer Alternative-Combo hatte ich soeben eine Demo-Aufnahme eingespielt, und wir waren auf dem besten Wege, aus dem Underground aufzutauchen. Außer Sigi waren somit natürlich auch jede Menge anderer Musikerkollegen aus meinem Freundeskreis anwesend. Ihnen allen zur besonderen Erheiterung diente nun folgendes Szenario: Als besondere „Einlage" war um Mitternacht eine kurze „spontane" Live-Session von Sigi und mir geplant. Da ich mich noch für keine neue Wohnung entschieden hatte und sich über dem Lokal immer noch meine alte Wohnung befand, war es ein Leichtes, den Bass samt Verstärker in das Beisl zu schaffen. Sigi war mit seiner Wandergitarre gekommen. Wir eröffneten unser nettes kleines Potpourri mit dem R&B-Klassiker „Mystery Train" („R&B" stand früher mal für „Rhythm and Blues", noch ehe eine unsäglich theatralische Latino-Soul-Hip-Hop-Szene den Begriff „R&B" für sich vereinnahmt hatte; Elvis Presley hatte übrigens mal „Mystery Train" gespielt, es gibt da eine höchst eindrucksvolle Filmaufnahme, wo der „King" so drauf ist, dass er sogar weitergespielt hätte, wenn sie ihm die Gitarre weggenommen hätten…). Doch zurück zu meiner Party ins „e.t.c.": Der nächste Song war die „Kaffeesudleserin". Sigi erklärte nach seiner Darbietung und mit schon mindestens drei Bieren intus: „...hob I g'schrieb'n, die Nummer, darf I schon sag'n, net wahr...". Danach folgte mein all-time-fave „Anneliese". Beifallheischend blickte Sigi in die Runde und sagte grinsend: „Das hab' ich jetzt wirklich gut gesungen, was?" Der „Gig" endete schließlich mit „Dirty deeds done dirt cheap" von AC/DC und „Cold Gin" von KISS. Sigi steigerte sich

beim Schluss-Akkord (nach seinem sechsten Bier) in eine virtuelle Feed-Back-Orgie, schlug dabei die Saiten der Wandergitarre in Hendrix-Manier über seinem Kopf an und brach schließlich erschöpft zusammen. Sigi's gone mad – Ende mit Schrecken!

Nicht so für mich: Da ich (endlich) wieder mal eine Frau an meiner Seite hatte, hielt ich mich nämlich bei diesem Festl mit dem Alk ein wenig zurück, ich wollte ja schließlich noch etwas von dieser Nacht haben. Ich verließ also das „e.t.c." für meine Verhältnisse sehr früh, nämlich um drei Uhr früh, und mein letzter Anblick war Sigi, der am Boden kniete und - den Kopf auf einen Sessel gestützt - eingeschlafen war, während Tim und Sigi's Freundin Nina sich angeregt unterhielten...

Ich wusste zu diesem Zeitpunkt natürlich noch nicht, was das Leben in all den kommenden Jahren für mich bereit halten würde, aber ich hatte damals schon etwas vorausgeahnt: Sigi Pfisterer würde weitersingen, er würde in vielen Jahren noch immer „die größten Hits der 60er und 70er Jahre" zum Besten geben, und er wird seine Schwänke noch abliefern, wenn sie mich schon längst von der Bühne getragen haben und ich in den ewigen Jagdgründen einer der besten Bassisten aller Zeiten sein werde (har har!).

Ein anderer großer Österreicher, nämlich unser aller gemeinsamer Freund Heinz Conrads, war berühmt für sein Lied "den Wurschtl kann kana daschlogn" – in den Niederungen des 22. Bezirks (und auch so mancher anderer Gegenden) muss es wohl eher heißen:
Rock'n'Roll can never die!

Yeah

Danksagung

Viele Menschen haben in jener Zeit, in der dieses „Buch" spielt, meinen Weg gekreuzt, nicht alle konnten naturgemäß Erwähnung finden, doch sie alle sind Teil meines Weges und meiner Geschichte – ihnen allen gebührt mein Dank.

Mein besonderer Dank geht natürlich an S.P. und T.T., die es mir ermöglichten, wieder auf die Bühnen dieser Welt zurückzukehren. Ersterer lebt nach wie vor von der Schauspielerei und von gelegentlichen Botenfahrten mit der Mopette. Zweiterer hat sich auf das Medium Kino zurückbesonnen und dreht Dokumentarfilme. Er hat mir jedenfalls wesentliche Inspirationen und Ideen zu diesem Machwerk geliefert. Da sich seine Idee zu „ZOFF – der Film" vorerst aus finanziellen Gründen nicht umsetzen ließ, ist schließlich „ZOFF – der Schundroman" draus geworden!

Natürlich gilt mein Dank auch Andi, meinem Partner-in-crime in Rhythmusangelegenheiten. Er ist heute ein angesehener Aerobic-Trainer und „Persönlicher Berater in allen Lebenslagen" und lebt nach wie vor in einer bescheidenen Wohnung in Wien.

Ach ja: Im Rock'n'Roll sollte „man" niemals nie sagen. Vielleicht gibt es ja dereinst einmal ein Comeback von ZOFF, der bösesten Form der Gewissenlosigkeit. Stay Tuned!

Die ZOFF-Zeittafel

1962	Die Beatles veröffentlichen ihre erste Single „Love me do". Marilyn Monroe und Hermann Hesse sterben. Gleichzeitig erblickt der Autor dieses Machwerkes das Licht der Welt.
1967	Nach der Beatlemania kommen die Rolling Stones, Eric Burdon, Manfred Mann und der Rest der British Invasion. Die Beatles nehmen in der Abbey Road ihr „Sgt.Pepper"–Album auf, im Nebenstudio arbeiten Pink Floyd mit Syd Barrett an ihrem Debut-Album. Der Summer of Love ist so schnell vorbei, wie er begonnen hat. Der Film „Blow Up" erscheint. Tim Trash wird geboren.
1969/1970	Brian Jones verlässt die Stones und stirbt bald darauf. Woodstock, Altamont und die erste Mondlandung sind gelaufen. Andi Staberl und Sigi Pfisterer landen mit dem Storch weich am Planet Erde.
Die Siebziger	Die Stones und AC/DC werden Sigi Pfisterer's große Idole
Die Achtziger	Sigi Pfisterer trifft bei einer Rennbahn-Express-Star-Party Gene Simmons und Eric Carr von KISS, der Schreiber dieser Zeilen wird Bassist einer in Purkersdorf weltberühmten Blues-Rock-Band.
Die Neunziger	Sigi Pfisterer und sein sonnenstudio-gebräunter Freund Sergio flanieren durch Bratislava auf der Suche nach One-Nite-Stands. Tim Trash tritt als Schauspieler im hohen Norden Tschechiens auf und lässt sich von den jungen Elevinnen als deren „Spielmeister" feiern

ca. 2002/2003	Sigi Pfisterer spielt eine Nebenrolle in einem Österreichischen B-Movie und erklärt der Regisseurin, dass er „wegen des Geldes und wegen der Hasen" Schauspieler geworden sei, worauf er von eben dieser Regisseurin nie wieder engagiert wird. Außerdem singt er bei einer übel beleumundeten Cover-Band die größten Hits der Sechziger und Siebziger Jahre. Tim Trash hört Sigi Pfisterer singen und überzeugt diesen davon, künftig die Finger von englischsprachigen Texten zu lassen: Die Idee zu ZOFF wird geboren!
Sommer 2003	Sigi Pfisterer und Tim Trash treten als Duo auf. Sigi's Freund Franz Gutmann wird genötigt, sich eine Bass-Gitarre samt Verstärker zu kaufen, um in die soeben gegründete Band einzusteigen. Mandi, Sigi's Schauspielerkollege, der als Drummer vorgesehen ist, hat glücklicherweise im Moment keine Kohle, um sich ein Schlagzeug zu kaufen - somit bleibt ihm eine unnötige Investition erspart.
Dezember 2003	Es werden „seriöse" Mitmusiker für ZOFF gesucht, ein Inserat im „BAZAR" wird geschaltet. Der Schreiber dieser Zeilen erlebt zum ersten mal Sigi Pfisterer und Tim Trash live und ist schwer ergriffen. Er wird Bassist von ZOFF.
März 2004	Andi Staberl erscheint mit oranger Hose zum Casting und wird Schlagzeuger von ZOFF
3. Juni 2004	Erstes Konzert im „e.t.c."
10. Dezember 2004	Letztes Konzert in der „Backdoor Bar"
11.März 2005	ZOFF werden offiziell aufgelöst

Geschichten aus Wien und dem Wald

Idylle vor dem Untergang

LEO K.

Alle Personen, Handlungen und Vorkommnisse sind frei erfunden, jede Ähnlichkeit mit lebenden oder bereits verstorbenen Personen ist zufällig und ganz und gar ungewollt. Im Übrigen gilt die Unschuldsvermutung...

Jetzt trink'ma amal an Kaffee!

Mit diesen Worten pflegte mein Freund Manfred eine zu erledigende Aufgabe ein kleines bisschen aufzuschieben. Nicht, dass er sie nicht erledigen wollte, aber das Genießen durfte in seinem Leben nie zu kurz kommen. Gerne erinnere ich mich an die unzähligen Kaffees, die wir gemeinsam getrunken und dabei mitunter heftig diskutiert haben. Dies ist jedoch keine Hommage an meinen Freund oder gar eine Biografie über ihn, es ist eine Reihe von Begebenheiten, die so nie passiert sind, aber so hätten passieren können und die ihn und unser Verhältnis zueinander beschreiben.

Sehr gerne saßen wir also bei einem Kaffee zusammen, und zwar nicht nur im Haus in Zwentendorf, wo der Kaffee wie eingangs erwähnt als willkommener Anlass diente, mit einer Arbeit im Garten oder im Schuppen erst ein wenig später zu beginnen – er pflegte mich des Öfteren diesbezüglich um meine Mithilfe zu bitten, und das lief meistens so: Ein Telefonanruf, „Du, Leo, ich bräuchte Deinen Rat, hast Du eine Idee? Ich würde selbstverständlich bezahlen…" - Nein, sehr viele Kaffeehäuser, Wirtsstuben und Jausenstationen säumen unsere gemeinsam begangenen Wege. Sei es vor einer Wanderung im Wienerwald, wo eine kurze Stärkung angebracht schien, sei es einfach ein Treffen in der Stadt „auf einen Plausch" oder so. Heute blicke ich auf diese Zeit zurück, es war wohl wirklich vergleichsweise idyllisch, und in Abwandlung eines Zitats von Walter Kempowski könnte ich sagen „uns ging's damals noch Gold" – WO SIND DIE JAHRE?

Unsere Diskussionen drehten sich sehr oft um den Lauf der Dinge und darum, was alles verkehrt läuft in der Welt. Obwohl Manfred ein aufrechter Sozialist war, gelang es ihm doch, dem Leben „in der Normalität" etwas abzugewinnen, in der Hoffnung nämlich, dadurch zu einer anderen, besseren Welt beitragen zu können. Ich nannte es in unseren Gesprächen immer einen „faulen Kompromiss", den ich allerdings leider auch eingehen müsse und für den ich mich selbst hasste, und weshalb wir, wie gesagt, oft kleine Streitgespräche führten. In einem Punkt allerdings herrschte völlige Übereinstimmung, nämlich in der Ablehnung der abscheulichen Verbrechen des Faschismus.

Idylle im Unrechtsstaat

In einem bekannten Ort im Wienerwald, wird ein Gasthaus zum Schauplatz einer solchen Diskussion: Manfred und ich kehren im Zuge einer Wanderung ein. Es ist Frühling, der Weg im Wald daher teilweise sehr morastig. Entsprechend abgefuckt sieht unser Schuhwerk und wohl auch der Rest aus. Wir werden vom Wirt, der im Türstock lehnt, geringschätzig von oben bis unten gemustert. Auf meine Frage, wo denn ein Tisch frei sei, weist er uns mit einer wegwerfenden Handbewegung und den Worten „des is da unten..." in den finstersten Winkel seiner miesen Absteige – so viel zum Charme der österreichischen Gastronomie.

In besagter finsterer Wirtsstube hängen zwei alte, vergilbte Fotografien. Sie zeigen das idyllisch in einem Tal gelegene Dorf in der Zeit des Zweiten Weltkrieges. Das erste Bild aus dem Jahr 1940 zeigt eine Landstraße, sie führt zum außerhalb des Dorfes gelegenen Friedhof, die Autobahn ist noch nicht gebaut. Die Alleebäume werfen ihre Schatten im Sonnenschein, auf den Wiesen steht das Gras hoch. Menschen sind nur als Silhouetten am Bildrand zu erkennen, vielleicht ein Landmann auf dem Feld, ein Fuhrwerker – Alltagsleben im Unrechtsstaat.

Das zweite Bild jedoch aus dem Jahr 1944 zeigt eine andere Ansicht des Dorfes, nämlich eine dunkle und düstere Winterlandschaft, Schnee liegt auf den Hausdächern, die umliegenden Hügel lassen das Tal im Dunkel versinken, würde die Sonne scheinen, würden ihre Strahlen nicht jeden Winkel des Tales erreichen, doch der Himmel ist grau und das Bild strahlt Trostlosigkeit und drohenden Untergang aus.

Ich versuche mir die Situation der hier lebenden Menschen vorzustellen, wie hätte ich mich verhalten, hätte ich Widerstand geleistet oder hätte ich einfach ausgeharrt und gehofft, dass „es bald vorbei ist"?

Während ich mich mit Manfred dahingehend austausche, nehme ich das Hier und Jetzt nur nebenbei wahr, aus dem Lautsprecher klingt Schlagermusik eines Lokalsenders, die Idylle meiner Kindheit in den Sechziger und Siebziger Jahren dämmert aus längst vergangenen Tagen herüber, an einem der Nebentische reden zwei Holzarbeiter miteinander, einfache schnurbärtige Gesellen in der Arbeitskluft, die Worte harsch, der Ton rau, die Bierkrüge leeren sich schnell.

Als ich nach dem Begleichen der Rechnung mit Manfred die Stube verlasse, vermeine ich beim Schließen der Türe noch zu vernehmen „…und dem Langhaarigen g'höratn amol ordentlich die Wadln viere g'richt!" – er hat wohl mich gemeint, der wackere Holzknecht, und mir Arbeits- oder zumindest Militärdienst an den Hals gewünscht, nicht wissend wie sehr ich in Wahrheit seine Arbeit schätze und er nicht wissend, wie meine Arbeit aussieht. Wo beginnt Zivilcourage und wo endet sie? Hätte es Sinn gemacht, den vierschrötigen Burschen zur Rede zu stellen, hätte ich ihn vielleicht zum Nachdenken gebracht oder hätte ich damit eine waschechte Wirtshausrauferei vom Zaun gebrochen? Wir wissen es nicht und gehen weiter, tauchen ein in den Frühlingswald. Das Geräusch von Motorsägen erklingt hin und wieder aus der Ferne und verhallt zwischen den Bäumen.

Schönheit mit Dornen

Eine Jausenstation, unweit von Wien, umweht von heiter, zeitloser Zufriedenheit. Schatten spendende Bäume wiegen sich im Wind, der Boden des Gastgartens ist mit Kies bestreut und von einem niederen Holzzaun umgeben, nebenan befindet sich ein Kräutergärtlein, das zur Wiese hin von einer Rosenhecke begrenzt wird. Wir sind die einzigen Gäste, der Garten ist leer. Manfred und ich nehmen bei einem Tisch Platz, warten eine Weile. Als sich nach mehreren Minuten niemand einfindet eine Bestellung entgegenzunehmen, marschiere ich schnurstracks in die gute Stube. Der Wirt ist hinter der Theke damit beschäftigt, Gläser aus der Spüle zu holen und in ein Regal zu schlichten. Ich frage: „Wird draußen im Garten auch serviert, oder ist dort Selbstbedienung?" – Der Wirt antwortet: „Ja, wenn Sie etwas bestellen, werde ich es auch hinausbringen!"

Verwundert über diese Äußerung lasse ich eine Schrecksekunde vergehen, dann bestelle ich für mich und Manfred Kaffee, frage nach den „kleinen Speisen", die ich erst nach Rücksprache mit meinem Freunde draußen bestellen möchte.

So sitzen wir dann bei Kaffee und Kaiserschmarrn und palavern über dies und das…

„Wie würde die Welt aussehen, gäbe es eine Steuergerechtigkeit", fragt Manfred und meint damit die längst fällige Einführung einer Wertschöpfungsabgabe. Wie so oft sind wir bei der Politik angelangt. Ausgehend von meinem larmoyanten Vortrag, dass das Netz der Bus- und Bahnlinien im ländlichen Raum, auch hier im Wienerwald, ständig mehr ausgedünnt wird, erklärt mir Manfred den geschichtlichen Ablauf, ab wann die Politik begonnen hat, sich von ihrer gesellschaftlichen Verantwortung für infrastrukturelle Grundversorgung zu verabschieden, nämlich in den 1980er Jahren unter Bundeskanzler Vranitzky.

Eine Gruppe Mountainbiker nähert sich unter dessen diesem Refugium der Stille. Forsch fährt die Gruppe, angeführt von einer feschen Trainerin - so male ich es mir aus, denn sie hat eine Landkarte und scheint den Ausflug der Gruppe organisiert zu haben – forsch fährt also die Gruppe mit den Rädern bis in den Garten herein, der Kies knirscht, einer bremst abrupt und verursacht eine kleine Staubwolke. Die Räder werden an den Holzzaun gelehnt, dann nehmen die Sportsleute Platz bei einem benachbarten Tisch.

Mit großem Getöse wird jetzt plötzlich die Stubentür aufgestoßen, der Wirt eilt heraus und zetert: „Ja, macht's es des bei Euch z'Haus auch so, dass Ihr mit'm Rad in's Wohnzimmer fahrt's? So geht des net, weg mit de Radl'n!"

Schuldbewusst stehen alle auf, bringen die Räder hinaus, vor den Gastgarten, sind aber bald wieder gut gelaunt und witzeln über den „freundlichen Empfang an diesem Ort…"

Über eine sandige Fahrstraße naht derweilen ein Auto. Ein Paar steigt aus, sie ist groß gewachsen, trägt ein weißes Sommerkleid, unter dem dunkle Unterwäsche erkennbar ist, fast zu leicht noch für die Jahreszeit, er ist ein mittelgroßer Dandy, so schreiten sie einher. Während Manfred und ich das demnächst nahende Ende von Schwarz-Blau in Österreich erörtern, redet besagtes mittelalterliches Pärchen mehr oder weniger belangloses Zeug. Sie scheinen Künstler zu sein, dann und wann ruft sie aus „Mei, is des spannend! Des is ja so spannend!" Er nickt und sagt mit vollem Mund irgendetwas Unverständliches, stochert dabei mit dem Finger in seinem Mund herum. Die beiden wollen sich nicht lange aufhalten, nur Kaffee und Kuchen, Sekt wird dann wohl woanders getrunken. Jetzt, da die zwei Schicki-Mickis also zahlen wollen, bleibt der Wirt verschollen, schickt aber dann doch einen bislang nur im Schankraum beschäftigten Kellner zum Kassieren. Er spricht mit böhmischem Akzent. Er verrechnet sich um einen Euro, der Mann weist ihn darauf hin und der Kellner bedankt sich überschwänglich: „Danke Scheen, Danke Vielmals!"

Während sie zum Auto schlendern, pflaumt die Dame ihren noblen Begleiter an: „Warum hast Du ihn auf den Fehler aufmerksam gemacht, das war doch nur ein Ausländer?"

Business as usual

Als ich noch im Achten Bezirk gewohnt habe, in der „heimlichen Hauptstadt von Wien", pflegte ich öfters in einem Lokal mein Abendessen einzunehmen, dessen Fenster sich zu einem großen malerischen Platz öffnen. Das Lokal ist auch bei Künstlern, Politikern und Business-Leuten geschätzt für seine gute Wiener Küche, den gar nicht mal so grantigen Kellner und natürlich die schöne Lage. Die ruhigen Nischen in den Randzonen eigneten sich damals auch hervorragend für Geschäftsessen und Treffen abseits der Mainstreet, die Trennung in Raucher- und Nichtraucher-Bereich gab es noch nicht. Ganz nebenbei ist diese typisch österreichische Zwitterlösung so was von jämmerlich, aber bitte…

Es begab sich, dass ich Zeuge folgender Begebenheit wurde: Unweit von mir saß in einer der erwähnten, etwas größeren Nischen ein älterer Herr, ich wusste, er war der Chef eines Immobilien-Imperiums, nennen wir ihn den „Paten". Der Pate erwartete offenkundig jemand und blickte versonnen aus dem Fenster. Draußen fuhren Autos vorbei, eine Müllabfuhr verursachte einen kleinen Stau. Das Auto eines Diplomaten, erkennbar am Aufkleber „CD", kam vor dem Fenster zum Stehen, am Steuer saß ein Schwarzafrikaner. Der Pate meldete sich zu Wort: „Was braucht der Bimbo an Mercedes, der soll in' Busch fahrn!". Der Kellner, ein gewisser Nowak, der beim Sprechen leicht böhmakelte, beeilte sich, dem Paten beizupflichten: „Ich bin ja kein Rassist, aber wenn ich an' Namen mit „ic" oder „cic" am Schluss schon höre, wird mir schlecht. Die stinken doch alle, weil sie so viel Zwiebel und Knoblauch essen!" Ich bin nun zwar auch kein Fan von Knoblauch, doch diese Verallgemeinerung ging mir doch ein wenig zu weit. Schon wollte ich mich in das unerfreuliche Gespräch mischen, da läutete mein Telefon. Es war Manfred. „Du, ich wird' mich ein bissl verspäten" sagte er. Gut, kein Problem. Unterdessen betrat ein Tross von seriös gekleideten Herren mit einer Dame im Schlepptau das Lokal. Auf diese Leute hatte der Pate gewartet. Sie waren von einer Baufirma, die er beauftragen wollte, ein Haus von ihm zu sanieren. Hocherfreut reichte er der Dame zuerst die Hand und sagte: „Das ist ja wirklich eine Seltenheit, eine Frau bei einem technischen Vergabegespräch dabei zu haben!" – Der Anführer der Truppe, ein junger Stutzer und offenbar Chef der Baufirma, maulte nur: „Ja, die hamma als Aufputz mit'bracht…" – sie schien es nicht gehört zu haben oder war gewohnt, solche Untergriffe und Verbalinjurien zu ignorieren. Wie sich im Laufe des Gespräches herausstellte, war sie Dipl. Ing. für Bauphysik und Expertin für energieeffiziente Lösungen. Greenbuildings und Passivhäuser waren kurz nach der Jahrtausendwende noch nicht so ein Thema wie heute, und letztlich wird auch bei diesem Bauvorhaben der Preis als kurzsichtiges Entscheidungskriterium vor Nachhaltigkeit gesiegt haben, wie ich es dann auch Manfred erklärt habe, nachdem er eingetroffen war.

Wir wurden dann noch Zeuge des wunderbaren Abschlusses der Besprechung. Der Pate wollte sich nicht vom Chef der Baufirma einladen lassen und eilte mit Verweis auf weitere Termine schnell von dannen, nachdem es offenbar gelungen war, „den Sack zu schnüren", wie es so schön heißt. Fast wäre es ja NICHT dazu gekommen, denn auf die Frage nach den Referenzen der Firma seitens des Paten kamen die Antworten der Techniker nur zögerlich, die Frau, die der Pate direkt angesprochen hatte, war leider erst seit Kurzem im Unternehmen des Stutzers beschäftigt und konnte mit keinen Auskünften dienen. Der Stutzer ergriff das Wort und schwadronierte von tausenden von Baustellen und zufriedenen Kunden in Wien und Umgebung, damit meinte er die Situation gerettet zu haben. Bedenklich wiegte der Pate den Kopf, doch siegte letztlich die Gier über die Vorsicht. Nie mehr wieder würde er so billig zu einer Sanierung kommen. Und mit der Erfüllungsgarantie der Bank hatte er eine Sicherstellung in der Hand, falls sich der Chef der Baufirma verkalkuliert hatte, und das Bauvorhaben nicht fertig stellen konnte. Ein weiterer Konkurs halt, na und? Nachdem der

Pate gegangen war, und die Leute der Baufirma allein waren, polterte deren Chef los: „Des is a Wahnsinn wann ma Euch was fragt: Es wisst's nix, es kennt's nix, es tuat's nix..." Dann musste sich jeder selbst seine Konsumation bezahlen. Da läutete das Mobiltelefon des Chefs, er meldete sich mit einem mürrischen „Hallo?" Der Pate war am Rohr, man hatte in der Hektik und beim schon erwähnten Schwadronieren über Referenzprojekte eine wichtige Unterschrift vergessen. Diese musste nachgeholt werden, der Chef der Baufirma wurde für nächsten Tag 8 Uhr früh ins Büro des Paten zitiert. Nach diesem unerfreulichen Gespräch brüllte der Chef sofort mit sich überschlagender Stimme los: „Es Trottln, es verfluachten, kana erinnert mi an die Unterschrift – na i' werd' Euch helfen! Nix is jetzt mit Feierabend, jetzt tat's noch amol was arbeiten!" Hochmotiviert schlichen die Leute wieder zu ihrer Arbeit, während ihr Chef in seinen Off-Roader mit den extragroßen Reifen stieg und zum nächsten Termin abrauschte (auf der Heckablage des Wagens konnte ich trotz der dunkel getönten Scheiben die Sporttasche mit den Tennisschlägern erkennen).

Manfred und ich setzten unser Gespräch fort. Aus den Boxen der Stereo-Anlage erklang unterdessen ein traditionelles Wiener-Lied, von einem Schrammel-Quartett dargeboten. Während die Geigen schwelgten erklang die Stimme eines schneidigen Baritons:

Die Arbeit ist oft schwierig und der Tag wird mir zu lang
Doch hab' ich einen Weg gefunden, manches mir zu spar'n

Ich stell' mich dann ganz einfach dumm, wenn wer was von mir will
Und gebe nur zur Antwort knapp, bescheiden und ganz still:

- unzweifelhaft musste jetzt ein Refrain kommen -

Das weiß' i net, das weiß' i net, da kenn i mi net aus!
Das weiß' i net, das weiß' i net, da kenn i mi net aus!

- es folgte eine weitere Strophe -

Die Leute sind oft ungerecht, doch misch ich mich nicht ein.
Wo kämen wir denn damit hin, das fällt mir gar nicht ein!

Und fragt mich wer, um meinen Rat, dann halt ich mich heraus
So kann ich gar nix falsches sagn, bin immer fein heraus

> **Das weiß' i net, das weiß' i net, da kenn i mi net aus!**
> **Das weiß' i net, das weiß' i net, da kenn i mi net aus!**

- die Musik wurde schräg, es folgte Strophe 3 -

Wenn meine Frau mal grantig ist, schau i an bissl g'wagten
Film
Dann geh ich in ein Vorstadthaus wo die ach so losen Damen
sind

Dann komm ich heim zu später Stund', mei Frau steht in der
Tür
„Wo sind die 1000 Schilling blieb'n?" – drauf sage ich zu ihr:

> **Das weiß' i net, das weiß' i net, da kenn i mi net aus!**
> **Das weiß' i net, das weiß' i net, da kenn i mi net aus!**

Darauf stimmte ein ganzer Chor lachend mit ein:

Das weiß' i net, das weiß' i net, da kenn i mi net aus!
Das weiß' i net, das weiß' i net, da kenn i mi net aus!

- nun wurde der Badenweiler Marsch angestimmt und es folgte eine vierte, sehr geschichtsträchtige Strophe -

Es war einmal a schlimme Zeit, so vieles ist gescheh'n.
Herr Goldmann war ganz plötzlich weg, und keiner hat's geseh'n.

Die Schergen war'n nicht zimperlich, es gab ein großes G'schrei
Und fragt mich wer „Wie war das denn, warst du net auch dabei?"

– na was sag ich dann?

Das weiß' i net, das weiß' i net, da kenn i mi net aus!
Das weiß' i net, das weiß' i net, da kenn i mi net aus!

Das weiß' i net, das weiß' i net, da kenn i mi net aus!
Das weiß' i net, das weiß' i net, DA KENN I MI NET AUS!

Italienische Skizzen

La Villa Sinistra
(Die Spinnenplage von San Mauro)

(1998)

Der Fremde war mit dem Zug von Neapel nach Caprioli gereist, von wo aus er das letzte Stück des Weges zu Fuß zurücklegen musste. Sein Onkel hatte in seinem Brief von einem Postautobus geschrieben, der einmal täglich verkehrte, die Reise hatte sich jedoch ein paar Tage verzögert, es war September geworden, der Sommer-Fahrplan hatte keine Gültigkeit mehr, der Busdienst war eingestellt.

Ein diesbezüglicher Brief an den Onkel blieb wohl ob der Kurzfristigkeit unbeantwortet. Unser Fremder, wir wollen ihn „Angelo" nennen, kam also direkt aus Neapel in diese einsame, ländliche Welt. Er folgte den steilen Serpentinen der Straße nach Pisciotta, tief unter sich die strahlend blaue Bucht von Palinuro.

Die Nachmittagssonne brannte unbarmherzig auf Angelo nieder, der unter der Last seines Rucksackes bereits schwitzte.

Caprioli und seine Vororte sind vom Bade-Tourismus geprägt, die Menschen daher freundlich. Wenn Angelo also an den immer seltener werdenden Häusern mit seinen Vorgärten vorbeiging und die Hecken winkte, kam in der Regel ein freundliches „Ciao" zur Antwort.

An einer Straßengabelung angelangt, wo die Bundesstraße nach Pisciotta, dem schönen Berg-Städtchen abzweigte, beschlich Angelo erstmals ein merkwürdiges Gefühl, zumal ihm die Menschen nun, so schien es ihm, mit Befremden nachsahen. Er schrieb es ihrer Eigenart zu, wusste er doch aus den Erzählungen des Onkels ob der Unnahbarkeit der Bergbewohner, die ganz im Gegensatz zu den Menschen in Caprioli stand.

Die Hütten wurden zunehmend ärmlicher und verwahrloster, schließlich kam Angelo nur noch an unbewohnten Baracken in Mitten von Olivenhainen vorbei. Die Straße wand sich in immer neuen Windungen den Berg hinauf, führte über unzählige enge Steinbrückchen, die ausgetrocknete Bachbette überquerten, jede Kurve gab neue Ausblicke frei, mal auf das Meer tief unter ihm, mal auf das karge Gebirge im

Hinterland oder einfach nur auf die Olivenwälder und Gärten, die von der Nachmittagssonne beschienen wurden, die bereits im Sinken begriffen war.

Angelos Blicke wanderten von den blauen Hochebenen, die sich in der Ferne verloren zu den Olivenbäumen, die gleich neben der Straße wuchsen. Dann blieb sein Blick an etwas hängen, das er für's erste für einen Lichtreflex hielt: ein heller Fleck, mitten in einem Olivenbaum, seidig glänzend.

Erst beim näheren Hinsehen und nachdem Angelo die Erscheinung auch an anderen Bäumen entdeckte, begann er sich dafür mehr und mehr zu interessieren. Während er weiterwanderte und sein Blick unruhig umherirrte, gewahrte er immer häufiger Olivenbäume mit diesen weißen Gespinsten in den Baumkronen. Da die Sonne nun rasch hinter den fernen Bergrücken versank, beschleunigte Angelo seine Schritte. Er wollte auf jeden Fall vor Einbruch der Dunkelheit in San Mauro bei seinem Onkel sein. Der Himmel über den Bergen war bereits dunkel geworden, das Leuchtfeuer von Palinuro strahlte seine Blinkzeichen in die abendliche Dämmerung, als Angelo vor sich endlich die ersten Häuser von San Mauro auftauchen sah. Eine merkwürdige Stille lag über dem Dorf, kein Hund bellte, keine Wäsche hing an den Leinen in den Gärten und Höfen, keine Menschenseele war zu sehen.

Angelo ging zum Hause des Onkels, den er seit vielen Jahren, genau genommen seit seiner Kindheit, nicht mehr besucht hatte. Merkwürdig verändert und verlassen schien ihm alles. Im Hause des Onkels schien es so, als habe er dieses ebenerst eiligst verlassen und dabei vergessen, die Türe abzusperren. Angelo durchsuchte alle Stuben des Hauses, doch der Onkel war nicht zu finden.

Danach ging Angelo zum Nachbarhaus, auch hier das gleiche Bild. Menschenleer und ausgestorben schien das ganze Dorf zu sein, so als hätten es alle Bewohner fluchtartig verlassen. War es eine geheimnisvolle Seuche, vor der die Menschen geflüchtet waren, hatten die Menschen im Tal unten ihm deshalb so entsetzt nachgesehen? War er jetzt infiziert und dem Tode geweiht? Und was hatte es mit diesen merkwürdigen weißen Gespinsten auf sich? Gab es hier vielleicht gar Spinnen monströsen Ausmaßes, die den Dorfbewohnern zum Verhängnis geworden waren?

Furchtbar malte Angelo sich aus, wie man beim Öffnen der Gespinste in den Olivenbaumkronen auf die verwesten Reste von Menschen, den Menschen von San Mauro stoßen würde.

Der Brief des Onkels schließlich, der vor etwa vier Wochen eingetroffen war, indem er Angelo bat, ihm bei der Ordnung seines Vermögens für die Nachkommen behilflich zu sein, ehe „gewisse Umstände dagegen sprächen" – hatte der Onkel etwas vorausgesehen, war Angelo zu spät gekommen?

Vor allem: Wo sollte Angelo nun die kommende Nacht verbringen? An eine Rückkehr ins Tal noch in der einbrechenden Dunkelheit war nicht zu denken, musste er doch abermals an den Netzen der großen Spinnen vorbei, die ja bekanntermaßen nachtaktive Tiere sind…

So schlich Angelo zurück in das finstere Haus seines Onkels, überzeugte sich, dass alle Türen und Fenster fest verschlossen waren, und schloss sich schließlich in einer Stube mit einem Metallgitter vor dem Fenster ein. Dieses Gitter würde den Bestien schon Einhalt gebieten, so hoffte er. Auch beschloss Angelo, die ganze Nacht kein Auge zu schließen, letztlich schlief er aber doch erschöpft ein.

Das fröhliche Glöckchen der Leitziege und das Meckern der Herde waren die ersten Laute, die im Morgengrauen an Angelos Ohren drangen. Schon hörte er auch das Gebell des Hirtenhundes und die Stimme des Hirten. Angelo blickte aus dem Fenster in einen wunderschönen Morgen. Er eilte sofort hinaus, um den Hirten über die merkwürdigen Vorgänge in diesem Dorfe zu befragen bzw. diesen vor den Spinnen zu warnen.

Der Hirte blickte ihn fragend und ungläubig an, als Angelo jedoch von den Spinnennetzen sprach, begann der andere lauthals zu lachen. Der Irrtum klärte sich in der Folge schnell auf und die Situation stellte sich wie folgt dar: Dieses Dorf war NICHT San Mauro sondern San Nazareno, ein Weiler, der schon vor Jahren von den letzten Bewohnern ob der kargen Erträge verlassen worden war. Angelo hatte wohl an der letzten Straßengabelung den falschen Weg eingeschlagen, war links anstatt rechts gegangen. Die heiße Sonne und der beschwerliche Anstieg hatten das Ihrige dazu beigetragen, sodass Angelos Fantasie ihm einen Streich gespielt hatte, und der dieses Haus für das seines Onkels gehalten hatte, der sich übrigens bester Gesundheit erfreute, wie ihm der Hirte versicherte, der ja ebenfalls aus dem benachbarten San Mauro stammte, das simpel und einfach am Nachbarhügel gelegen war, und das er von hier aus im Licht der Morgensonne klar erkennen konnte.

Und die Spinnennetze? Waren nichts anderes als Kunststoff-Netze zum Schutze der Olivenbäume gegen allzu gierige Vogelschwärme, wie sie die Bauern neuerdings auch in diesem Landstrich verwendeten.

September in Kampanien

(1998)

…eigentlich – bin ich schon lange da? Der Tag hat noch kaum begonnen, Dolores schläft noch neben mir. Von draußen klingt das mal gleichförmige, mal aufbrausende Geräusch der Brandung. Wie lange sind wir jetzt schon im Hotel La Vela? Ich richte mich im Bett auf und blicke durch die halboffene Balkontüre hinaus aufs offene Meer. Ich halte den Kopf noch ein wenig schief, die wogenden Wellen scheinen direkt auf mich herabzustürzen, was mich frappant an einen uralten Alptraum aus meiner Kindheit erinnert.

Ich fühle mich seekrank, schließe irritiert die Augen, alles schwankt. Halt! Irgendetwas stimmt hier nicht. Dieses Hotel, die traumhafte Lage, das Zimmer mit Meeresblick – ein Leben lang habe ich es mir so vorgestellt und gewünscht. Es ist fast zu schön um wahr zu sein.

Die Sonne geht auf, ein Hahn kräht. Vertraute Geräusche dringen an mein Ohr, das Haus scheint zu seinem gewohnten Leben zu erwachen, die Morgen-Sinfonie in Moll nimmt ihren Lauf. Irgendwo miaut Kater „Proffessure" kläglich, offenbar um die Hotelgäste zum Frühstück zu rufen, auf dass auch für ihn das eine oder andere Stückchen abfällt. Geschirr und Besteck klappern, Stimmen und Wortfetzen sind zu hören. Vom Balkon blicke ich auf den menschenleeren Strand, zu meinen Füßen ziehen die Ameisen auf ihren unergründlichen Wegen.

Unten angekommen, auf der Hotelterrasse, im „Freiluft-Speisesaal" ist niemand zu sehen, obwohl ich auf der Treppe noch vermeint habe, das vertraute Stimmengewirr zu vernehmen. Eine Eidechse huscht über das Terrassengeländer.

Die Tische sind vorbereitet und gedeckt, es ist jedoch merkwürdig leer und still, auch die Bar mit dem verstaubten Flaschenregal ist verlassen, die Eistruhe ist geräumt, die Saison vorbei – September…

Das zum Hotel gehörende Restaurant „Grigliaro" hat offenbar bereits geschlossen, das Schild über dem Eingangstor bleibt des Abends unbeleuchtet. Das Verhalten des Hotelpersonals, vom Chef über die Kellner bis zu den Aufräumefrauen, es ist nicht einordenbar; liegt es an mir, dass ich im „Land der Männer" meiner Frau zuweilen das Reden überlasse, zumal sie besser italienisch spricht als ich? Brauchen die Menschen dieses Landstrichs einfach länger um Vertrauen aufzubauen? Ist es die Mentalität Süditaliens, spüren wir den sozialen Unterschied, eine touristische Variante des Nord-Süd-Konflikts? Oder sind alle einfach nur ausgepowert von einer langen Saison, müde und froh, dass es für heuer bald vorbei ist, mürrisch, dass sie nicht schon wie viele andere „geschlossen" haben?

Oder ist bereits geschlossen? September…

Die Sarazenentürme auf den sonnigen Kampanischen Bergen grüßen herüber. Jemand schwimmt weit draußen im Meer, ich kann nicht erkennen, ob es eine mir bekannte Person aus dem Hotel ist.

Die Hotelgäste kommen und gehen. Ich bin im Liegestuhl eingenickt, wache auf, bin mit Dolores allein am Strand, sie schläft neben mir. Ich blicke wieder hinaus aufs Wasser, die schwimmende Person ist verschwunden. Ein Marienkäfer landet auf meinem Knie.

Gestern waren sie noch alle da: Die mürrischen alten Deutschen (die mit den adoptierten vietnamesischen Kindern) scherzten an der Bar mit dem Kellner, machten Fotos. Der „Manager" mit seiner Frau, die „Proffessure" heimlich etwas zukommen ließ. Der, der meinte „die Drogensüchtigen sind ja selbst Schuld, ja, und unsere Regierung ist viel zu liberal zu den Ausländern" – diese Schwachsinn redende Bande, die permanent nur an der Oberfläche der Dinge bleibt! Die vier Pensionisten aus Bayern, das Schweizer Paar (die, die so gut italienisch UND deutsch sprechen), die Franzosen, allen voran der Grimassenschneidende „Schabernack", der sich auf den Steinen sonnte. Die drei alten Damen. Die Deutschen mit den aufdringlichen, lauten Kindern, die Italiener mit den lebhaften aber unaufdringlichen Kindern. Schließlich Tonino, der Hotelchef mit dem grauen Kräuselhaar, der sich beeilt, „Proffessure" beim Hinterausgang hinauszulotsen, damit er nicht zu viel bettelt. Umberto, sein beleibter Bruder, der die Essens-Bestellung aufnimmt, die Kellner, allen voran „Piccolo", der Pfiffikus, der mittlere melancholische, der ältere mit den Brillen, den nichts aus der Ruhe bringt. Die unfreundliche Tochter, die keine Lust hat, in ihrer Freizeit im Hotel mitzuarbeiten. Schließlich das Dorf mit seinen Geschäften, der Einkaufsmeile der Touristen, und der kleinen Pasticeria auf dem Hauptplatz. Die schöne Dorfpolizistin, la Carabiniera ultima, die anmutig die Kurzparkzone entlangschreitet, um zu kontrollieren, ob alle ihre Parkometerabgabe bezahlt haben. Das centro municipale, das Gemeindeamt von Pioppi, dessen Amtsstunden immer gerade vorbei zu sein scheinen, die Dottoressa, die Amtsärztin, die mir einen Insektenstich verarztet hat, der beängstigende Folgen zu zeigen begann. Alles bereits Vergangenheit – chiuso! September…

Ein Ausflug in die Berge. Ein kalter Windhauch weht durch die schmalen Gassen. Leere ausgestorbene Städtchen, Katzen und herrenlose Hunde huschen über Treppen, Echo von Schritten hallt; Baustellenabsperrungen, fernes Gehämmer – chiuso! Da oben, vielleicht wo die Kastanienwälder sind, oder noch darüber, am nebligen „Monte della Stella" könnte ich mir meinen Lebensabend vorstellen, inmitten der vierschrötigen Bewohner der Dörfer San Mauro, Omignano, San Teodoro und wie sie alle heißen. Dort, wo sie jedes vorbeifahrende Auto anstarren, ein Eindringling aus der Zivilisation gewissermaßen in diese heilige archaische Ordnung der Berge, wo die Männer ihre Zeit noch an den Tischen der Bars zubringen, die vor den Lokalen am Straßenrand im Schatten eines Kastanienbaumes oder eines Vordaches stehen. Noch größer der Aufruhr, wenn eine Frau am Steuer des Autos sitzt – ich denke, dass Dolores von meinem geplanten Alterswohnsitz gar nicht begeistert ist.

Vorderhand dräut fürs Erste die Rückkehr in die Heimat, an die Arbeit! Fast habe ich ein schlechtes Gewissen, so lange weg zu sein vom alles bestimmenden Moloch des Broterwerbes. Kann es sein, dass ich zu lange weg war?

Rückkehr in das Fischerdorf Pioppi – ein blaues Licht brennt, ansonsten ist das Hotel straßenseitig dunkel. Im Hotel brennen am Gang vor den Zimmern Glühbirnen in den altmodischen Abliken, die den Boden nur notdürftig erhellen. So finden wir den Weg zum Zimmer No.12. Es gibt hier nur gerade Zimmernummern. Vom Balkon sehe ich hinunter zur Hotelterrasse, die ist hell erleuchtet, ich höre Gelächter. Ein Scheinwerfer bestrahlt den Steg zum Wasser und die Brandung. Schemenhaft sehe ich Menschen, die das Schauspiel der losgelassenen

Elemente bewundern. Jemand liegt im Liegestuhl, ich höre Stimmen und Musik: „Welcome to the Ocean-Park"

Wir kleiden uns um, gehen zum Abendessen hinunter, doch plötzlich ist die Terrasse leer, alles ist verlassen, am Rückweg zum Zimmer sind wir allein auf den einsamen Hotelgängen. Aus dem Erdgeschoß dringt das Geräusch einer ins Schloss fallenden Tür, es wird abgesperrt.

Ich blicke wieder vom Balkon hinaus, alle Lichter sind erloschen, alles ist still. Lediglich in weiter Ferne blinkt der vertraute Leuchtturm von Palinuro zu mir herüber, die Lichterkette der Küstenstraße ist zu erkennen, diese Lichter der Straßenlaternen vermitteln Beständigkeit. Wir sind nicht ganz allein auf dieser Welt.

*

Vor kurzem noch, in der Hochsaison…

Laternen schaukeln im Abendwind, das Restaurant „Sul Mare" und sein Ableger das „Grigliaro" sind gesteckt voll. Ein Leuchtschild verkündet „Menü Touristico", man hört deutsches Idiom und Wortfetzen wie „Mensch! Hau bloß ab!" oder „Wir wollen zahlen, wir wollen unsere Knete loswerden!" Die Kellner servieren flink Touristenmenüs, zwischen den dicht besetzten Stühlen mit schunkelnden Deutschen und Österreichern, sorgsam getrennt von den Italienern, die einheimische Spezialitäten essen. Auf einem Podest, nahe der Bar steht ein stoppel- und schnauzbärtiger Italiener mit Hütchen, der auf seiner Ziehharmonika Gassenhauer spielt und dazu grinsend Spottlieder auf die Deutschen singt, die diese selbstredend nicht verstehen. Jeder Refrain endet mit den Worten: **„Funiculi, Funicula, Funiculi, Funicola - Tedesci non capire, patta-ti e patta-ta!"** Die italienischen Gäste, vornehmlich Neapolitaner, lachen, der Sänger zwinkert ihnen zu. Die deutschen Gäste johlen und schunkeln mit. Der Österreicher, der bruchstückhaft italienisch versteht, kann sich vor lachen nicht mehr halten. Ein Deutscher neben ihm fragt: „Ja Mensch, sag verstehscht Du eigentlich was die da singe?" Der Österreicher tippt sich an die Stirn und gluckst vor lachen, wendet sich ab. Ein Raunen geht durch die Menge. Schließlich steht einer der Deutschen auf, er wirkt wütend. „Mensch, Ruhe noch mal! Das is'n riesen Scheiss hier! Das stinkt ja zum Himmel" Darauf alle „Jawoll, stinke, stinke!" Der Österreicher, der nach einem Streit mit seiner Frau zuviel getrunken hat und sich die Nacht alleine um die Ohren schlägt, taumelt weiter, derweilen es zu tumultartigen Szenen kommt.

Irgendwann, kraft des Alkohols in seinen Venen wächst der Österreicher über sich selbst hinaus und betritt das schon erwähnte Podest. Er hat sein Notizbuch bei sich, in dem er sich einige italienische Brocken für den Alltag notiert hat. Hastig blättert er und erhebt dann seine Stimme, spricht zusammenhanglos: „Scusa, amici – alora, mio touristico austriaco. Parlare italiano un puo. Grande fantastico, viva Italia! Molto mangare, molto bene – eh – gelato! – eh – bere vino rosso, e forzare, e domandare…" er gestikuliert, taumelt – „Viva Italia, viva! Non tedesci! Grande fiasco! Tedesci molto mangare e parlare e non capisco niente e…" er rülpst „buona notte! Tedesci niiex…"

Mit diesen Worten kippt der Österreicher vornüber vom Podest, sodann kriecht er auf allen vieren davon. Applaus! Ein Elvis-Double betritt unterdessen das Podest und schmettert „It's now or never" („oh sole mio!") – alle sind versöhnt.

Später, ehe er von der Dorfpolizistin aufgegriffen werden kann, wird der Held dieser skurrilen Begebenheit von „Proffessure" geweckt, sodass er im beginnenden Morgengrauen in sein Hotelzimmer zurückschleicht, um seinen Rausch auszuschlafen.

Ein neuer Tag beginnt. Wir schreiben den 1. September.

(Fine)

Der Gaukler von San Eremo
(Orig. „Farfalla")

(1999)

Jedes mal, wenn ich im Ristorante „La Volpe" sitze und mein Abendmahl im Kreise der ‚Familie', nämlich der Nachbarn und Bekannten aus dem Dorf einnehme, die lachenden Gesichter der Kinder betrachte, die Mütter und Väter und die wohlwollenden Gesten der Großeltern beobachte, steigen Bilder aus längst vergangenen Tagen in meiner Erinnerung hoch: Damals, als ich noch ein junger, kräftiger Mann war und als stolzer, freier Schafhirte in den Hochebenen der sardischen Gallura lebte. Genau genommen hat sich seit jenen Tagen nicht so viel verändert. Vielleicht, dass es heute besser befahrbare, geteerte Straßen gibt (ja, auch davon wird die Rede noch sein!) und dass Sardinien heute zumindest zwei, drei Monate im Jahr den Touristen gehört, und zwar vor allem hier, in den Küstenorten, wie z.B. Budoni, wo ich nun, ein alter Mann, im Kreise meiner Lieben sitze und eine alte Geschichte zum Besten geben, die mir natürlich niemand glauben will:

Don Pedru, der Gemüsehändler, der mir freundschaftlich lachend hin und wieder auf die Schulter klopft: „Na, übertreib' doch nicht schon wieder so!"

Donna Maria, die ehrwürdige „Padrona", die mich streng mustert und die ich noch nie lächeln sah;

die ganze Schar von Töchtern, Söhnen, Cousinen und Cousins, Vertreter einer neuen Generation von jungen Sardinnen und Sarden, mit modernen T-Shirts und Jeans, die so gar nichts mit der traditionellen Tracht Sardiniens und dem schwarzen Alltagsgewand der alten Leute gemein haben, wie man es nur noch in den Dörfern und Städten der Berge und Hochebenen der Gallura und der Barbaggia antrifft;

und natürlich die vielen Kinder, die mit offenen Mündern vor dem Fernsehgerät in der Wirtsstube sitzen und nur mit einem Ohr meinen Worten lauschen, dies und das nicht verstehend, träumend, verzaubert wie einst ich!

Nun ich kannte einmal einen Jüngling, er stammte aus dem kleinen Dorf Bitti in der Gallura gelegen. Er hütete das Vieh auf den Weiden, so wie es seine Vorfahren seit eh und je taten. Seinem Herren gehörten eine handvoll Gütchen, jedes mit einer Steinmauer begrenzt. Von der Landstraße gelangte man durch ein Tor auf einen Zufahrtsweg, der quer durch das Gütchen zu einer Unterstandshütte führte. Auf dem Grundstück nun weideten Schweine, Ziegen, Schafe und Kühe, die von Hirtenhunden aufmerksam bewacht wurden. Die Aufgabe des Jungen, wir wollen ihn Giovanni nennen, war es nun, alle ihm zugeteilten Güter seines Herren regelmäßig aufzusuchen, sorgsam nach dem Rechten zu sehen, für die karge und kalte Jahreszeit Vorräte einzubringen, Wege, Zäune und Unterstände in Stand zu setzen und seinem Herren sofort zu berichten, falls ein Tier erkrankte oder gar fehlte.

Wenn es dunkel wurde, legte er sich in der Unterstandshütte des Gütchens, auf dem er sich gerade aufhielt, auf einem Strohlager schlafen. Am Morgen nahm er eine kleine Mahlzeit mit Brot, Speck, Früchten und Wasser ein, vergaß auch nicht, die Hunde zu versorgen, die eilfertig herbeikamen, schnürte sodann seinen Ranzen und schritt kräftig aus, um die nächste Weide noch vor der Glut der Mittagshitze zu erreichen, denn Autos hatten die Hirten in jener Zeit noch nicht…

„So esst noch ein wenig vom köstlichen Coda di Rospo, Padrona! So ein Fisch wird nicht alle Tage serviert. Man sagt, er habe lebend 30 Kilo gewogen." Don Pedru zwinkert mir dabei zu, holt mich kurz ins Geschehen der Gegenwart zurück und lässt die Bilder der Vergangenheit im Dunst versinken. Am Nebentisch unterhalten sich Feriengäste, die aus Rom angereist sind, über das Wetter: Ein Wolke liegt über der Isola La Tavolara wie über einem Vulkan, während sich die Kette von unzähligen Bergrücken der Gallura scharf vom dunkel-violetten Abendhimmel abhebt. Die Sonne, die eben noch die Insel La Tavolara in mildes, rötlich-gelbes Licht getaucht hat, ist hinter den Bergen verschwunden, die Nacht bricht herein, bald hebt das Gezirpe der Grillen an. Das Fußballspiel, das im Fernsehen übertragen wurde, scheint zu Ende zu sein, ein Zeichentrickfilm zieht die Kinderschar in seinen Bann, so wende ich mich dem römischen Pärchen zu…

Wohlan, hört mir zu, wie ich schon sagte, war das Leben der Hirten früher ein wenig mühevoller, dennoch war Giovanni, von dem ich erzähle, glücklich. Einmal in der Woche stieg er nach Tempio Pausania hinauf, wo sein Herr wohnte, um ihm zu berichten und um Vorräte für sich einzukaufen. Sodann besuchte er die Samstag-Abend-Andacht und stieg sodann zu seinem Lieblings-Gütchen ab, wo er den Sonntag am liebsten verbrachte. Er liebte das Geläute der Glöckchen der Leit-Tiere. Er liebte es, den Tieren zuzusehen, er unterhielt sich mit ihnen und manchmal strich er auch stundenlang durch die Korkeichen-Wälder, ziellos, wie verzaubert…

Indes, er wuchs heran zum Manne und begann, seine Sonntage mit Müßiggang zu vertreiben: Bald ging er Samstags gar nicht mehr zur Andacht sondern ins Gasthaus, durchzechte die halbe Nacht und blieb dann auch den ganzen Sonntag in der Stadt, man könnte auch sagen, er ist in schlechte Gesellschaft geraten. Das Leben als Hirte wollte ihm nicht mehr genügen. Bald hatte er eine Liebste, ein Mädchen, das er bei einem Kirchenfest in Nule kennengelernt hatte. Sie war die Küchenmagd eines reichen Teppichhändlers und hieß Juanna Maria. Beide waren sie arm, eine legitime Verbindung schien daher unmöglich, man bedenke, dass früher…

„Ach was!" fährt mir die Padrona dazwischen, „früher, früher, da waren die Frauen und Mädchen noch anständig! Man denke nur, dass heutzutage sogar an unseren Stränden nackt gebadet wird. Möge der Küstenwind dafür sorgen, dass die Distelhalme aus den Dünen über diese schamlosen Wesen kommen!" – „Ja der Wind" entgegne ich, um das Thema rasch zu wechseln, habe ich doch das Gesicht der schönen Anna erröten sehen bei den heftigen Worten ihrer Großmuter, „ja dieser ewige Sardische Wind, er bläst vom Tyrrhenischen Meer über die Küstenstriche, verliert sich in den Pinienwäldern und an den sanften Hängen und hat oben in der Gallura an schönen Tagen seine ganze Kraft längst eingebüsst. Ganz still ist es dann dort oben in dieser Landschaft, die geprägt ist von Hochflächen, so weit das Auge reicht, hin und wieder einigen Büschen, Begrenzungsmauern, sanften Hügeln und Steinen…"

Man stelle sich also vor: Die drückende Hitze über der Gallura, kein Windhauch, weit und breit kein Baum in Sicht, um sich vor der sengenden Sonne zu schützen. So wanderte einst Giovanni auf der staubigen Landstraße, war unterwegs zu einer seiner Weiden. Ein ihm entgegenkommendes Pferdefuhrwerk wirbelte auf der sandigen Straße eine Staubwolke auf, die schon von weitem zu sehen war. Nachdem es vorbei war, herrschte wieder Stille. Nur in den Büschen und Gräsern am Wegesrand summte es, die Insekten boten ein reges Schauspiel. Plötzlich verspürte Giovanni an seinem rechten Ohr einen Lufthauch, gleichzeitig war ein bedrohliches Brummen zu vernehmen, ein Falter mit dickem Leib und grauen Flügeln setzte sich auf einen Myrten-Strauch. Giovanni schauderte. Noch Jahre später wünschte er, das nun folgende ungeschehen machen zu können: er begegnete zum ersten Mal seinem Dämon. Noch zwei weitere solcher Begegnungen sollten folgen. Doch das wusste Giovanni noch nicht, als plötzlich hinter ihm eine dünne Stimme sagte: „Signori, Wurst gefällig oder Käse? Oder darf es ganz etwas anderes sein? Seid Ihr mit Eurem Leben zufrieden?" Giovanni war irritiert. Warum sprach ihn jemand in der Mehrzahl an? Aber vor allem, wie konnte jemand so plötzlich aus dem Nichts in dieser öden Landschaft auftauchen? Und woher wusste dieser Jemand von seiner Unzufriedenheit? Giovanni fühlte sich unbehaglich und betrachtete nun aufmerksam den Besitzer dieser dünnen Stimme, ein unscheinbares Männchen unbestimmbaren Alters. Er hatte ein Handwägelchen bei sich, von dem ein merkwürdiges Brummen, fast wie ein vielfaches Stimmengewirr ausging. Die Wände des kleinen Wagens schienen aus Papp-Karton zu sein, sie waren bunt bemalt mit unzähligen Fenstern, aus denen Giovanni merkwürdig berührende Gesichter entgegenstarrten. Ein unsägliches Grauen packte ihn, indes fuhr das Männchen fort: „Ich kann Euch jeden Wunsch erfüllen, wirklich jeden. Der Preis? Ja wisst Ihr, jeder muss ein Opfer bringen, nicht wahr? Wir können nie alles haben, was wir wollen..." Die Bedeutung dieser Worte sollte Giovanni viel später erkennen, unterdessen hob ein Windhauch an, eine Wolke verdunkelte die Sonne, kündigte ein nahes Unwetter an. Giovanni wurde unheimlich zumute und er bemühte sich, leichthin zu sagen: „Nein ich will nichts von alledem. Ich muss sehen, dass ich weiterkomme" – „Wie Ihr meint, Junker" sagte das Männchen. „Wenn Ihr mich braucht, so findet Ihr mich auf den Jahrmärkten dieser Welt. Fragt nach dem Schmetterlingsmann – Ciao, Signori". Nun sah Giovanni tatsächlich auf der Rückseite des rasch sich entfernenden Wagens einen grauen Schmetterling aufgemalt, und ehe er sich's versah, war der Wagen an der nächsten Wegbiegung verschwunden, der Spuk war vorbei.

Hatte er das alles nur geträumt? Als er schließlich besagte Wegbiegung, wie ihm dünkte, nur unter größten Mühen erreichte, breitete sich vor ihm die weite Landschaft aus, niemand war zu sehen. Giovanni hatte diese Begegnung längst vergessen, als das Fest der Gnadenmutter von San Eremo nahte. Es fand jedes Jahr am zweiten Wochenende im August statt. San Eremo ist ein kleines Wallfahrtskirchlein oberhalb des Dorfes Luogosanto gelegen. Unterm Jahr herrscht dort oben Stille und Einsamkeit. Nur ein paar Wanderer mögen sich vielleicht in diese entlegene Ecke verirren. Doch zum festgesetzten Zeitpunkt verwandelt sich der Ort für zwei Tage in einen bunten Festplatz: Die Pilger strömen scharenweise aus der Umgebung heran, bevölkern die steinernen Tische und Bänke, die im Freien unter den Bäumen aufgestellt sind. Buden werden vom Tal heraufgezogen und aufgestellt, Lichterketten und Laternen für die Nacht an den Zweigen befestigt. Natürlich ist es ein Fest des Glaubens, dessen eigentlicher Zweck die Andacht und das Gebet in der Kirche ist. Aber rundherum will auch für das leibliche Wohl gesorgt sein. Doch ziehen solche Feste immer auch allerhand fahrendes Volk an, Bettler, Landstreicher, Schausteller, Musikanten und so weiter…

Giovanni war auch zu jenem Feste aufgebrochen, vor allem um dort seine Juanna Maria zu sehen, die im Gefolge ihres Herren erscheinen würde. Er, Giovanni, war ja ein Habenichts, und durfte vielleicht hoffen, sie wenigstens zum Tanz aufzufordern, an mehr war für ihn im Moment nicht zu denken. So kam es auch: Nach der Abendandacht wurde gespeist und getrunken, dann wurde auch schon eine lustige Melodie um die andere zum Besten gegeben. Bald hatten sich die Tanzenden zu Gruppen formiert, doch immer wieder bildeten sich Paare heraus, die im Kreise der anderen und von diesen angefeuert tanzten. Juanna Maria und Giovanni waren bald das am heftigsten beklatschte Paar. Sie gerieten in einen Taumel der Begeisterung, der sich nur langsam legte, als die Musikanten eine Pause einlegten.

Die beiden jungen Leute schlenderten mit glühenden Wangen zwischen den Buden bald hierhin bald dorthin. Giovanni führte „sein"

Mädchen an der Hand durch dieses Wunderland, bereit ihr jeden Wunsch zu erfüllen, suchte er doch schon geraume Zeit nach den richtigen Worten, ihr seine Liebe zu gestehen. Eine Liebe, die aber keine Zukunft haben konnte, so lange er ein Schafhirte war und sie eine Küchenmagd.

Eine unangenehme, dünne, ihm sofort wohlbekannte Stimme riss Giovanni aus seinen Gedanken: „Signiori! Was kann ich für Euch tun? Eine kleine Fahrt gefällig ins Land der unerfüllbaren Wünsche?" Giovanni und Juanna Maria drehten sich um. Sie waren bereits am Rande des Festplatzes angelangt, hinter den äußersten Buden, wo kein Licht mehr brannte. Es herrschte völlige Dunkelheit, denn es war Neumond. „Erkennt Ihr mich wieder, Junker? Ich bin der Schmetterlingsmann. Ich spürte schon, dass Ihr mich suchet. Ich spüre es, wenn Menschen Wünsche verspüren…"

Das Männchen war in einen schwarzen Anzug gehüllt, trug einen schwarzen Zylinderhut. Giovannis Augen hatten sich an die Dunkelheit gewöhnt. Lediglich die Gesichtszüge des unheimlichen Gesellen konnte er trotz aller Anstrengung nicht ausmachen. „Wollen Signori eine Fahrt mit meinem Karussel unternehmen? Jeder Wunsch geht dabei in Erfüllung, jeder! Aber vergesst nie, nur einer kann gewinnen!"

„Ein Karussel!" rief Juanna Maria aus, „lass es uns probieren!" Sie stieß Giovanni in die Seite. Er hatte eine tiefe innere Abneigung gegen den Schmetterlingsmann. Dieser hatte derweilen das Tor seiner Bude aufgestoßen, Licht flutete über den dahinter sich auftuenden großen Platz. Tatsächlich stand da ein Karussel mit einem großen grauen Schmetterling, der in der Mitte thronte. Gedanken jagten durch Giovannis Kopf: Wie konnte der schmächtige Mann dies alles in einem kleinen Handwagen über's Land ziehen und hierher geschafft haben? Warum war bis jetzt niemand sonst diese Attraktion des Festes aufgefallen? Warum waren plötzlich alle Plätze des Karussels bis auf zwei besetzt, war der Platz vor Minuten noch einsam in völliger Dunkelheit und Stille gelegen?

Wie ein Zirkusdirektor stand der Schmetterlingsmann auf einem Podest und rief: „Alles Einsteigen, meine Damen und Herren, Signore e Signori! Zwei Plätze sind noch frei! Nur einer wird gewinnen!" Juanna Maria hatte schon Platz genommen und schnallte sich mit einem Riemen auf dem Sessel fest. Erst jetzt gewahrte Giovanni das aufgeregte

Geschrei, das von den anderen Fahrgästen des Karussels ausging: „Nein, nein, tut es nicht! – Oh weh, es ist zu spät, sie kann nicht mehr zurück" Juanna Maria's Augen weiteten sich. Plötzlich wusste sie alles, und schrie: „Hilf mir, hilf mir bitte heraus! Ich will nicht so enden, wie alle anderen hier!" Giovanni setzte sich wie in Trance selbst auf den letzten freien Platz, der Schmetterlingsmann rief ins Getöse der kreischenden Menschen und der plötzlich einsetzenden Musik: „Es geht los!" Er begann, an einer Kurbel zu drehen, langsam setzte sich das Karussel in Bewegung, wurde immer schneller, größer, der Lärm schwoll an. Es schienen ihm viele hundert zu sein, die sich gleich ihm im Kreise drehten. Die Stimmen verschmolzen zu einem monotonen Gesumm, einem Insektenschwarm gleich. Was war Giovanni's Wunsch gewesen? War es sein Wunsch, Maria Juanna zu gewinnen oder war es vielmehr der Wunsch, Reichtum und Wohlstand zu erlangen? Schon sah er sich mehr als Beobachter denn als Mitreisender. Das Karussel drehte sich atemberaubend schnell, nun begannen auch auf-und-ab-Bewegungen, schließlich stand es senkrecht – da! Plötzlich ein Lichtblitz, das Rad stand still im gleissenden Licht, die Gondeln mit den Fahrgästen waren verschwunden, Blut schien von den leeren Speichen zu tropfen, es war vorbei!

Ein Wägelchen fährt in dunkler Nacht von dannen, der Mann, der es zieht, lässt irgendwo im Wald ein Bündel fallen…

Später, viel später, noch bevor man Giovanni bewusstlos am Morgen am Fusse des Felsen von San Eremo gefunden hatte, glaubte man zuerst, er und Juanna Maria hätten sich ins Dunkel des Waldes begeben um verbotenen Freuden zu fröhnen, und sich dabei verirrt. Als Giovanni zu sich kam, gab er an, zu viel vom Wein getrunken zu haben und vermutlich deshalb den Hang hinabgestürzt zu sein. Er stellte sich verwundert, dass Juanna Maria nicht mehr aufgetaucht war, und beteiligte sich auch an der intensiven Suche nach ihr, die jedoch erfolglos blieb. Schließlich nahm man an, dass das Mädchen einem wilden Tier (damals gab es in Sardinien noch Wölfe) oder einem Räuber zum Opfer gefallen war und stellte die Suche ein. Auf Giovanni aber lastete immer der Rest eines Verdachtes, für das Verschwinden des Mädchens mitverantwortlich zu sein. Auch hatte er, wie wir schon hörten, nicht immer den besten Umgang gesucht. So verbrachte er sehr viel Zeit in den

Wirtsstuben mit üblen Kumpanen beim Glücksspiel. Und sieh, das Glück war ihm hold! Gleich dem Sprichwort „Unglück in der Liebe, Glück im Spiel" ward Giovanni ein Geldsegen beschert, der seinesgleichen suchte. Schon bald kündigte er seinem Herren den Dienst auf und lebte als Müßiggänger in den Dörfern und Städten. Später dann, als die Touristen unser Land entdeckten, und die Badeorte an den Küsten entstanden, hielt er sich dort auf, um Kurzweil zu finden – denn richtig froh wurde er nie mehr wieder!

Viele Jahre später: Giovanni war eines Tages im August mit einem Freund in der Gallura unterwegs. Mit einem Auto, der neuesten Anschaffung des Freundes, waren sie von Possada aufgebrochen, und folgten einer neu angelegten geteerten Straße, die sich in immer wilderen Kurven durch die Berge wand. Giovanni und sein Freund hatten kein festes Ziel, wollten nur das neue Auto ausprobieren. In der flirrenden Luft der Mittagshitze tauchte schemenhaft ein Gefährt auf, das sich gleich ihnen den Berg hinan bewegte. Giovanni, der eingenickt war, erkannte beim Näherkommen, dass es ein Handwagen war, der von einer gebückten, schwarz gekleideten Gestalt gezogen wurde. Während der Wagen zum Überholen ansetzte betrachtete Giovanni den Handwagen und erbleichte: Der Wagen war über und über mit Fenstern bemalt, aus denen ihn die traurigen Gesichter derjenigen Unglücklichen anstarrten, die dem grauenvollen Zauber des Karussels erlegen waren…

Zuletzt erblickte ich auch noch Juanna Maria's Gesicht! Ich werde nie vergessen, wie sie mich vorwurfsvoll anstarrte – Ja, ICH bin nämlich der Unglückliche, dem dies alles wiederfahren ist, und der Schuld an Juanna Maria's Unglück trägt. Meine damalige Begegnung ist schon viele Jahre her, es muss so in den Siebziger Jahren gewesen sein, wir überholten also damals den Handwagen, ich wollte mich umdrehen, anhalten – aber nein! Irgendetwas zog mich in seinen Bann. Ich konnte meinem Freunde nichts sagen, meine Zunge war wie gelähmt. Unterdessen begann der Benzinvorrat im Tank des Autos zur Neige zu gehen. Mein Freund war froh, als endlich ein Hinweisschild am Straßenrand auftauchte. Es wies den Weg nach Virgoli, dem nächsten in der Karte verzeichneten Ort. Ich hatte unterdessen meine Sprache wiedergefunden, bat meinen Freund zurückzufahren. Es sprach jedoch einiges dagegen. Es war Sonntag, und es hatten sowieso nur in den größeren Orten die Tankstellen geöffnet. Es war zu befürchten, dass wir in Virgoli ein „Chiuso"-Schild vorfinden würden. Außerdem schien der Straßenverlauf in der Karte nicht richtig eingezeichnet zu sein. Wir hielten also an und blickten ratlos umher. Stille lag über der Hochfläche. In der Ferne war ein undefinierbares Geräusch zu hören. Es wurde langsam lauter, nach Minuten stellte sich heraus, dass es die im Wind flatternde Plane eines Lastwagens war, der herannahte und schließlich mit Gebrumm an uns vorbeifuhr und sich alsbald wieder in der Einsamkeit der Gallura verlor. Dann wurde es, obwohl es Mittag war, stockdunkel, ein Unwetter begann aufzuziehen. Die vereinzelten Büsche der Hochfläche und die hohen Gräser bogen sich im auffrischenden Wind. So fuhren wir also weiter nach Virgoli und waren froh, als wir endlich wieder in die Zivilisation zurückkehrten. Erst später fiel mir bei einem Blick in den Kalender auf, dass an diesem Tag Neumond gewesen war. So glaube ich heute, man findet diese verwunschene Stelle nur, wenn das Fest der Gnadenmutter von San Eremo auf den Neumond fällt. Nur so ist es auch zu erklären, dass ich den Schmetterlingsmann in all den Jahren vergeblich gesucht habe, in San Eremo und bei anderen derartigen Festen, und dass ich ihm seit dem nie mehr begegnet bin.

Doch halt! Wenn Euch ein grauer Falter mit dickem Leib begegnet und ihr vermeint, dass Euch seine Augen feindselig anstarren, dann schlagt ihn tot, denn es ist jener Dämon, von dem ich erzählt habe! Schauen Euch aber traurige Augen an, so lasst das Tier leben, denn es könnte eine jener armen Seelen sein, die der Schmetterlingsmann einst überlistet hat...

Über mir wagt sich eine kleine Echse aus einer Mauerritze und fängt blitzschnell einen Nachtfalter, der sich im Lichtschein einer der gelben Laternen des „La Volpe" verirrt hat; gelb wie der Myrtenschnaps, den ich gerade trinke, und gelb wie die Straßenlaternen unten in Budoni, die eine Lichterkette bilden, die sich auf der anderen Seite der Bucht und in Richtung der Berge fortsetzt und sich dann in der Dunkelheit verliert.

PENTECOSTE

LEO K.

Romanfragment

entstanden 1999, Wien und Mariazell
Bearbeitung 2006, Wien 17., Rosensteingasse
und 2012, Wien 16., Lindauergasse

Jede Ähnlichkeit mit Namen noch lebender oder bereits verstorbener Personen ist willkürlich.
Dieses Machwerk ist keinesfalls autobiographisch, trägt aber die persönliche Sichtweise des Autors zur Lage der Welt im Allgemeinen sowie im ausklingenden zwanzigsten Jahrhundert im Besonderen in sich.

Besonderer Dank gilt allen jenen Menschen, die in den vergangenen Jahren dazu beigetragen haben, dass sich eben diese meine Sichtweise geändert hat, ich mich persönlich weiterentwickeln konnte und diese Alpträume niemals wahr werden...

Die Ankunft

Gottfried Kerschenbaum war schon seit Tagen unterwegs. Genau gesagt war er vor einer knappen Woche von Wien aufgebrochen, wo er normalerweise seine Tage in einem dunklen und düsteren Bureau zubrachte. Genau dieses Bureau hatte er unter noch näher zu erläuternden Umständen verlassen, um nach Mariazell zu reisen. Das Besondere daran war vor allem die Art seiner Fortbewegung: Gottfried Kerschenbaum ging nämlich zu Fuß!

Der Weg führte von Rodaun, wohin er mit der Straßenbahnlinie 60 gelangt war, über den Parablui-Berg und das Franz-Ferdinand-Schutzhaus, die Kugelwiese, die Norwegerwiese (bei Kaltenleutgeben), die Burg Wildegg, durch den Ort Sittendorf, die Meierei Füllenberg, Heiligenkreuz, Mayerling, Alland, über den Hafnerberg nach Hainfeld, und durch das Gölsen- und Traisental schließlich nach Hohenberg an der Traisen. Entlang dieses Weges, der als „Via Sacra" beschildert ist, gibt es einige Einkehr- und Übernachtungsmöglichkeiten, vornehmlich für Pilger, die den Weg nach Mariazell zu Fuß zurücklegen. Hier in Hohenberg nun war er nach der Übernachtung in einem einfachen Wirtshause an diesem Tag frühmorgens aufgebrochen, und ging über St.Ägyd und das Gscheid, weiter durch die Walstern zum Hubertussee, wo er sich am späten Nachmittag noch bei der "Buchtelwirtin" gestärkt hatte. Am Gestade des Hubertussees wollte er noch kurz rasten und wählte hiefür eine einladend in der Abendsonne stehende Bank. Ehe er sich's versah war er auch schon eingeschlafen.

Die Stille des Waldes wurde durch das Geläute der Kirchenglocken von Mariazell unterbrochen, welches über den Bergrücken der Bürgeralpe herüberklang und die Gläubigen zur Abendmesse rief. Gottfried Kerschenbaum blickte auf seine Uhr und erschrak, da er sich nun schon sehr sputen musste, wollte er nicht in die Dunkelheit geraten.

Eilig marschierte er in Richtung Mariazeller Bürgeralpe, um über den Haberteuersattel nach St.Sebastian und Mariazell zu gelangen. In der einbrechenden Dunkelheit musste er jedoch die verwitterte Tafel übersehen haben, die dem Wanderer den alten Pilgerpfad über die Bürgeralpe wies, sodass er auf der Straße weiterging, welche schließlich über endlose Serpentinen den Kreuzberg hinauf nach Mariazell führte. Nach den Strapazen dieses Tages dünkte ihm dieser Anstieg nun doch schon etwas zu beschwerlich, weshalb er einen Weg abseits der Straße einschlug, der entlang des Salza-Flusses ebenso nach Mariazell zu führen schien.

Es mochte schon gegen zehn Uhr sein, als er immer noch in der engen, finsteren Schlucht seinen Weg suchte, immer ängstlich darauf bedacht, nicht in die reissenden Fluten des Salza-Flusssses zu stürzen. Plötzlich weitete sich das Tal ein wenig und undeutlich konnte er in der Ferne Lichter und die Umrisse von Häusern erkennen. Ein Wegweiser zeigte an, dass er über die sich hier über die Salza spannende Brücke nach Mariazell gelangen konnte. Der Weg führte ihn sodann steil bergauf und durch einen dichten Wald.

Immer mehr machten sich in unserem Wanderer Zweifel breit, ob er sein Ziel an diesem Tage noch erreichen würde, da er offenbar zu weit vom Wege abgekommen war. Statt dessen würde er sich hier in der Nähe ein Quartier für die Nacht suchen, und wollte daher jene Häuser, die er zuvor bereits gewahrt hatte, erreichen. Kurz hielt er inne um sich zu orientieren: Vor dem Nachthimmel hoben sich die umliegenden Berge schwarz ab. Hinter ihm die Mariazeller Bürgeralpe, halb rechts die drei charakteristischen Zellerhüte und vor ihm das Massiv des Triebein, an dessen Fuß sich die kleine Katastralgemeinde Rasing befand. Er erinnerte sich an seine Kindheit in den Siebziger Jahren, da er an den Winterwochenenden mit seinen Skiern hierher gekommen war. Eine kleine Lifttrasse hatte zum höchsten Punkt der Piste geführt, die Abfahrt war unspektakulär und endete gleich neben der kleinen Haltestelle der Schmalspurbahn.

Gottfried wollte also Rasing erreichen. Er hielt sich also wieder links und stieg den Berg hinab, an dessen Fuß er zuvor die Lichter gesehen hatte, die sich nun schließlich als ein paar Bauernhöfe herausstellten, die zur kleinen Ortschaft Rasing gehörten, in deren Zentrum ein hell erleuchtetes Gasthaus stand, aus dem für die späte Stunde noch unverhältnismäßig viel Lärm drang.

Gottfried Kerschenbaum konnte aus dem Stimmengewirr heraushören, dass es sich um eine Festgesellschaft handeln musste - ja, jetzt hob einer gar zu singen an, und ein ganzer Chor schien miteinzustimmen. Unser Wanderer drückte sein Gesicht an die Fensterscheiben, konnte aber keine Einzelheiten erkennen, die auf den Anlass der Feierlichkeit schließen ließen. Seine augenblickliche Verfassung und sein Gemütszustand wie auch der Zustand seiner Bekleidung waren nicht dazu angetan, an einer solchen Veranstaltung teilzunehmen, weshalb er vorsichtig ein paar Schritte zurücktrat, um im Dunkel der Kastanienbäume des Gasthausgartens abzuwarten und zu überlegen.

Er wusste nicht mehr, wie lange er hier gestanden hatte, als plötzlich die Veranstaltung zu Ende zu sein schien, da der Lärm sehr schnell abebbte und die Gäste durch den Vorderausgang das Gasthaus zu verlassen schienen. Erst nun wurde ihm bewusst, dass er ja gar keine Automobile vor dem Gasthause hatte stehen sehen, und er stellte sich die Frage, wie denn eine solche Gesellschaft hatte anreisen können.

Die Frage beantwortete sich jedoch unterdessen von selbst, denn mit großem Hallo und in ausgelassener Stimmung marschierte die Gruppe in großer Eile über einen Steg, um die Salza zu überqueren, vorbei an einem großen Gebäude, das die Aufschrift „Gerberei" trug, in Richtung des Tribein, an dessen Abhang sich eine Eisenbahnhaltestelle zu befinden schien, da sich nun auch schon mit warnenden Pfiffen ein Zug näherte und mit Getöse anhielt. All dies ging in solcher Schnelligkeit vonstatten, dass unser Wanderer keine Gelegenheit fand, auch nur eine einzige Person dieser Festgesellschaft näher zu betrachten. In großer Aufgeräumtheit wurde der Zug bestiegen, der Schaffner gab das Abfahrtssignal, und schon brauste der Zug davon, wobei Georg Kerschenbaum winkende Arme und aus den Fenstern lachende Gesichter zu sehen sowie den wieder einsetzenden Gesang der Gesellschaft zu hören vermeinte.

Er wandte seine Aufmerksamkeit wieder dem Gasthause zu, welches mittlerweile in völliger Dunkelheit vor ihm lag. Ja, es schien, als hätten die Wirtsleute und das Personal das Gasthaus gemeinsam mit der Festgesellschaft verlassen!

Nun war guter Rat teuer. Unser Wanderer ging unsicher ein paar Schritte auf der Hauptstraße des Dorfes und gelangte bald zu einem weiteren Gasthaus mit dem klingenden Namen "Zum gespaltenen Felsen". In der Wirtsstube brannte noch das schwache Licht einer einzigen Glühbirne, doch außer dem Wirt, der die Gläser putzte, die die letzten Gäste stehen gelassen hatten, war niemand anwesend. "Schönen Abend wünsch' ich. Ist noch ein Zimmer frei für die Nacht?" fragte Kerschenbaum. "Wohl, ein Zimmer für die Nacht ist noch frei" brummte der Wirt, und blickte dabei keinen Moment von seinen Gläsern auf. Kerschenbaum wagte noch eine Frage: "Wenn ich morgen nach Mariazell gehen möcht', wie weit ist das noch?" Der Wirt antwortete: "S'ist nicht mehr weit, s'sind vielleicht fünf Kilometer von hier." Kerschenbaum war damit zufrieden und stieg alsbald die steile dunkle Treppe hinauf in die Kammer, die ihm der Wirt gewiesen hatte.

Die Auskunft des Wirtes bestätigte sich sodann, als Kerschenbaum nämlich aus dem Fenster seines Zimmers blickte, und in geringer Entfernung auf einer Anhöhe die hell erleuchtete Basilika von Mariazell sah.

Müde und erschöpft ließ er sich auf seiner Lagerstatt nieder, hatte die Erlebnisse der letzten Stunden bereits vergessen und schlief augenblicklich ein.

Am Morgen des nächsten Tages nahm er in der Wirtsstube sein Frühstück ein. Wieder war er allein mit dem Wirt, der jedoch nicht sehr gesprächig war, und ihm lediglich noch erzählte, dass hinter seinem Gasthaus sich tatsächlich ein gespaltener Felsen befand, der mit einer Gründungslegende Mariazells in Verbindung gebracht wurde. Kerschenbaum bezahlte für das Zimmer und das Frühstück und marschierte los in Richtung Mariazell. Als er jedoch an jenem anderen Gasthaus vorbeikam, erinnerte er sich wieder der Ereignisse der gestrigen Nacht und stellte gleichzeitig mit gewissem Befremden fest, dass der Zustand des Gasthauses als sehr baufällig bezeichnet werden musste. Einige der Fensterscheiben waren zerbrochen, was ihm merkwürdigerweise gestern nacht nicht aufgefallen war. Auch die Limonaden- und Bier-Reklametafeln waren bereits sehr verblasst, der Name der Gastwirtschaft und des Pächters gar unleserlich. Lediglich die Worte "Gasthof Rasing" waren zu erahnen.

Durch eines der zerschlagenen Fenster blickte er in eine Art Veranda, die als Lager für Gerümpel und alte Sessel und Tische diente. An der Wand hing eine Ausgabe des Jugendschutzgesetzes aus dem Jahre 1958.

Nun erst blickte er sich im Gasthausgarten um, wo jedoch weder Tische noch Sessel noch Sonnenschirme zu sehen waren, jedoch jede

Menge Unrat und Glasscherben. Auch das Gras war offensichtlich schon sehr lange nicht mehr geschnitten worden.

Kerschenbaum konnte sich die Beobachtungen der letzten Nacht nun gar nicht mehr erklären und ging merkwürdig berührt weiter. Im gleißenden Sonnenschein des Vormittags stieg er nun die steile Straße nach Mariazell hinan.

Der Jahrmarkt Gottes

Es ist schon ein merkwürdiges Bild, das sich dem Betrachter bietet, der auf der Sonnenterasse des Cafehauses sitzend den Platz vor der Basilika von Mariazell überblickt. Zum einen sind da die Horden von Motorradfahrern, die hier eine Pause einlegen, bevor sie die steilen Kurven des Seebergsattels oder die Serpentinen von Annaberg und Josefsberg unsicher machen, und in merkwürdigem Kontrast stehen zur Ehrwürdigkeit und Größe dieses Ortes, die nicht von dieser Zeit zu sein scheint.

Zum anderen sind es die Touristen, die ob ihres durchschnittlichen Alters und vornehmlichen Erscheinungsbildes eher zur zuvor erwähnten Größe passen, kommen doch viele auch aus den ehemaligen Kronländern der k.u.k. Monarchie, aus einer Zeit also, in der dieser Ort sicherlich seine Blüte erlebt hat.

Schließlich sind da noch die Pilgergruppen, die, angeführt von einem Kreuzträger, betend und singend am Platz eintreffen und in die Basilika einziehen.

Vor dieser Basilika nun befindet sich aber ein ganz besonderes Kleinod, nämlich eine Ansammlung von Ständen und Kiosken, wo "Walfahrtswaren" aller Art zu erstehen sind: Vom Rosenkranz über Bilder mit kitschigen Jagdmotiven bis zu Plastikspielzeug und ähnlichem, nicht zu vergessen die "echten Mariazeller Magentropfen".

Betritt man die Basilika, so findet der Besucher bei diesem Altar die Möglichkeit, für die Erhaltung eben dieses Altares zu spenden, an jener Ecke eine Büchse, für die Renovierung des Kirchendaches ein paar Schillinge zu erübrigen, für einen Schilling ein Marienbildchen zu erstehen, oder, oder, oder...

Der gute Zweck all dieser Bestrebungen sei natürlich unbestritten, trotzdem entbehrt dieses Szenario nicht einer gewissen Ironie.

Und trotz all dieser Bemühungen, die Kirche zu sanieren und auch insgesamt das Erscheinungsbild der Stadtgemeinde zu modernisieren, besitzen die meisten Gebäude einen gewissen morbiden Charme. Darüber können auch die klingenden Namen der Gasthöfe und Hotels nicht hinwegtäuschen, die teilweise ihre besten Jahre längst hinter sich haben. Der "schwarze Adler" ist bereits ein wenig verblasst, beim "goldenen Ochsen" bröckelt die Fassade, und der "goldene Löwe" ist nur noch ein, wenn auch sehr gutes, Kaffeerestaurant mit eigener Lebzelterei, an dessen Tischen in der Mehrzahl betagte Menschen ihr Mittagsmahl und nach kurzem "Rundgang" durch die Stadt auch ihre Jause einnehmen.

Ein solcher Rundgang führt uns abseits der bereits erwähnten Gastronomie vor allem einmal bergauf. Am Abhang der Mariazeller Bürgeralpe, deren Gipfel mit einer Aussichtswarte als lohnendes Ziel mittels einer Seilbahn erreicht werden kann, befindet sich der heilige Brunnen, der jedoch, obwohl nur fünf Minuten vom Zentrum entfernt, an Bedeutung verloren zu haben scheint. Denn auch hier befinden sich Stände für Devotionalien, deren Rollbalken offensichtlich jedoch schon seit Jahren geschlossen bleiben. Der im Nachbarort St.Sebastian beginnende Kreuzweg mit seinen vierzehn Stationen endet ebenfalls nicht weit von dieser Stelle. Und das hübsch situierte Terassencafe mit Blick über das gesamte Mariazeller Umland bleibt außerhalb der Saison geschlossen, was jedoch dem interessierten Besucher erst nach dem erschöpfenden Anstieg durch ein Schild kundgetan wird.

An Zielen in der näheren und weiteren Umgebung gibt es noch viele zu nennen: Angefangen vom Erlaufsee mit seiner Museumsstraßenbahn, dem vergilbten "Herrenhaus" und dem an Sonntagen total überlaufenen Strandbad über die bereits erwähnte Bürgeralpe bis zum "Marienwasserfall" in der Grünau. Landschaftlicher Reiz steht verfallender oder nicht mehr vorhandener Fremdenverkehrs-Infrastruktur gegenüber, wo das Angebot für Touristen aus "Billig-Ländern" mit Billig-Tourismus aber auch Nepp verwechselt wird.

So glaubt man kaum irgendwo mehr geschlossene Gasthäuser, ehemalige Jausenstationen und nicht mehr in Betrieb befindliche Lifte zu sehen, als hier.

Darüber hinaus zeugen in den Seitentälern jede Menge alter Klein-kraftwerke, Industrieruinen, usw. von längst vergangenen Zeiten, als hier die Waffen für die k.u.k. Monarchie geschmiedet wurden.

Die Wirtschaft unserer Tage gehorcht anderen Gesetzen, sodass heutzutage ein Großteil der arbeitenden Bevölkerung entweder auf den Fremdenverkehr oder das Auspendeln angewiesen ist.

Liebenswert ist Mariazell allemal geblieben, verschont von den Schnöseln, die lieber in den Mode-Ski-Gebieten Winterurlaub machen und Techno-Parties abfeiern, verschont aber auch von den Massen an Bergsteigern (man nennt dies neuerdings "Trekking"), da die Gipfel für wirklich ausgedehnte und spektakuläre Touren doch ein wenig zu nied-rig sind. Ich will damit jedoch keineswegs die Schönheit eben dieser Gipfel schmälern, ist doch der Anblick des markanten Gipfelduos von Ötscher und Gemeindealpe, die sich vom nur sehr selten strahlend blauen Sommerhimmel abheben, allemal eine Reise wert.

Liebenswert ist sogar der Kult, der um die Basilika herrscht und an das alte Bibelwort erinnert: "Ihr habt aus meinem Heim eine Räuber-höhle gemacht!"

In Mariazell ist es immerhin "nur" ein Jahrmarkt geworden.

Begegnung am Bahnhof

Gottfried Kerschenbaum hatte auf der Terasse des "Goldenen Lö-wen" einen Häferlkaffee und ein Nußdessert genossen. Die heißen Strahlen der Sonne auf seinen Lenden hatten in ihm jenes adoleszente Vorgefühl von Lüsternheit entstehen lassen, was ihm in diesem Mo-ment großes Unbehagen bereitete. Er musste ja nun seine Rechnung begleichen. Es war zur Zeit ausschließlich weibliches Personal in kit-schigen Dirndl-Kostümen auf der Terasse mit dem Abräumen der lee-ren Tische beschäftigt. So winkte er eine Kellnerin heran. Er vermied es, die Frau beim Bezahlen anzusehen, fragte auch nicht näher nach den Fremdenzimmern, die er im obersten Stock des "Goldenen Löwen" wusste, und verschob diese Notwendigkeit auf einen späteren Zeit-punkt.

Gottfried Kerschenbaum fand, dass es höchst an der Zeit war, sich die Beine ein wenig zu vertreten, und schlenderte in Richtung Bahnhof.

*

Noch wissen wir nicht, was Gottfried Kerschenbaum in diese Gegend verschlagen hat, und so nimmt sich sein Herumwandern als ziellos aus. Es gehorcht jedoch einem Gesetz, bestehend aus einer Kette von folgerichtigen Zusammenhängen, die wir noch zu erforschen haben.

Ein Teilchen dieser Kette ist die offenkundig zutage getretene Beziehungslosigkeit Gottfried Kerschenbaum's. Wir haben ihn noch nicht oft sprechen hören und bemerken, dass er Frauen gegenüber gehemmt ist. Es ist nun dies, vor allem letzteres, sicher keine alleinige Erscheinung des ausklingenden zwanzigsten Jahrhunderts, vielmehr eine unter Männern häufig verbreitete Eigenschaft, hervorgerufen durch Mangel an Zuneigung in der Prägephase des Heranwachsenden, durch traumatische Erlebnisse, wie zum Beispiel abgewiesen worden zu sein, aber auch durch falsche Scham der Eltern im Umgang mit ihrer Geschlechtlichkeit. Gottfried Kerschenbaum ist zwar kein Jüngling mehr, leidet aber nach wie vor an jenem für Unerfahrene so typischen Syndrom, beim Anblick des bis jetzt Unerreichten und vermeintlich für immer Unerreichbaren zu kapitulieren. Die Zeit durch die Gottfried Kerschenbaum taumelt, mit ihrer oft aberwitzigen Geschwindigkeit, mit den tausenden und abertausenden von Ablenkungen, Surrogaten, Ersatz-Religionen und Umwertungen, bringt es jedoch mit sich, dass derjenige, dessen Seele diesbezüglich einmal aus dem Gleichgewicht geraten ist, kaum die Ruhe und Abgeschiedenheit findet, in sich hineinzuhören, den Ursachen der eigenen Unzufriedenheit auf den Grund zu gehen, bei anderen Menschen Halt und Aussprache zu finden. Ist Gottfried Kerschenbaum auf der Suche nach dieser Abgeschiedenheit?

*

Gottfried Kerschenbaum hatte vor allem einmal Urlaub. Er wollte die Gegend um Mariazell erkunden und vielleicht den einen oder anderen Berg besteigen. Deshalb begab er sich zum Bahnhof, um die Fahrpläne zu studieren. Eine Wanderung durch die Tormäuer und auf den

Ötscher war ganz nach seinem Sinne, und so notierte er sich die Abfahrtszeit des Frühzuges in Richtung St.Pölten, den er bei der Station Gösing verlassen würde. Mit Befremden registrierte er dabei, dass laut dem Aushangfahrplan hier Züge nur in *einer* Richtung abfuhren, Mariazell also ein Endbahnhof war. Irgendetwas stimmte nicht mit seiner Erinnerung überein. Natürlich! Gestern nacht noch war er in Rasing gewesen, hatte einen aus Gußwerk kommenden Zug in Richtung Mariazell abfahren sehen. Gußwerk hatte seit je her den Endpunkt der Bahnlinie dargestellt; es war vor allem von Bedeutung wegen der Kanonengießerei, die dem Ort einst den Namen gegeben hatte. Natürlich! Gußwerk und Rasing-Sigmundsberg: Diese Stationen fehlten auf dem Fahrplan. Gottfried Kerschenbaum blickte sich nun irritiert auf dem Bahnsteig um. Während sich der Schienenweg hier auf der rechten Seite bald nach einer Biegung in Richtung Mitterbach und weiter ins benachbarte Niederösterreich verlor, war da auf der linken Seite ein Prellbock zu sehen. Dahinter verlief das Gleis weiter, überwachsen von Gras und alsbald auch Büschen. Kerschenbaum machte sich nun auf den Weg, das Rätsel dieser Bahnlinie zu erforschen, und folgte dem offensichtlich schon jahrelang nicht mehr befahrenen Gleis, das entlang eines Heckenzaunes verlief, hinter dem sich Kleingärten verbargen. Hin und wieder war die Hecke von dem einen oder anderen Gartentor unterbrochen: Kerschenbaum konnte sorgfältig gepflegte Blumenbeete, ordentlich gemähte Rasenflächen und liebevoll mit Blumen geschmückte ehemalige Bahnwärterhäuschen erspähen. An den Toren waren Briefkästen mit Namensschildern angebracht. Kerschenbaum war bei einem Tor angelangt und las gewohnheitsmäßig den Namen: "A.Magreiter" stand hier geschrieben. In dem Garten entdeckte er eine Frau unbestimmten Alters auf einer Campingliege. Er hüstelte: "Entschuldigen Sie, wenn ich störe. Ich bin hier aufgewachsten, war aber lange Jahre nicht mehr in Mariazell. Wann ist hier eigentlich das letzte mal ein Zug nach Gußwerk gefahren?" Die Frau sah von ihrer Lektüre auf und blickte ihn irritiert an. "Wie kommen Sie darauf? Das ist schon länger als zehn Jahre her- ich weiß es nicht genau."

Sie hatte sich aufgerichtet und ging nun auf das Gartentor zu. Sie trug einen zweiteiligen blauen Badeanzug. Kerschenbaum blickte sie scheu an, errötete und fragte schließlich: "Sind Sie ganz sicher? Ich meine..." Er stockte und sie unterbrach ihn: "Was meinen Sie mit 'sicher'? Ich sagte schon, ich weiß es nicht genau. Aber fragen Sie doch drüben am Bahnhof den Stationsvorsteher. Zu ihm kommen, glaube ich, öfter einmal irgendwelche Eisenbahn-Narren."

Sie musste plötzlich über sein verdutztes Gesicht lachen. "Nehmen Sie das mit den Narren nicht persönlich. War nicht so gemeint – ach, sind Sie zu Fuß hierher gewandert?"

Er nickte und blickte dann beschämt zu Boden - natürlich er trug ja noch die schmutzigen Wanderschuhe und den Rucksack, welch' Bild musste er abgeben, er fühlte sich plötzlich äußerst unwohl und gar nicht mehr hierher passend.

"Ja, danke dann" sagte daher Kerschenbaum, senkte seinen Blick schnell wieder, und ging zurück zum Bahnhof.

Ein weißer Fleck auf der Landkarte

Dies trifft für das Mariazeller Land natürlich nur im übertragenen Sinn und mit Hinblick auf die Eisenbahnlinien zu, die hier allesamt sozusagen an der Überquerung des Alpenhauptkammes, insbesondere des Hochschwab-Massives gescheitert sind.

Nehmen wir zuerst einmal die Mariazeller Bahn selbst. Sie endete in Gußwerk. Das Teilstück Mariazell-Gußwerk war von je her vor allem für den Güterverkehr von Bedeutung. Mit der zunehmenden Verlagerung der Transporte von der Schiene auf die Straße verlor die Bahn zuletzt auch für die Sägewerke in Gußwerk und Rasing an Bedeutung. Somit wurde der Betrieb 1988 endgültig eingestellt, und die Bahnstrecke endet seitdem in Mariazell. Die Bahntrasse zwischen Mariazell und Gußwerk ist dem Verfall preisgegeben, das Bahnhofsgebäude von Gußwerk bietet einen traurigen Anblick. Auch die wenigen Anwohner blicken mit Wehmut auf die Zeit zurück, da "ihre" Bahn noch in Betrieb war. Die Touristen und Wanderer hingegen waren ohnedies traditionsgemäß gewohnt, in Mariazell vom Bahnhof zum Postamt zu eilen, wo die Postbusse zur Abfahrt in Richtung Lackenhof am Ötscher oder Bruck an der Mur/Kapfenberg bereitstanden.

Die Überquerung des Zellerrains oder des Seebergsattels mit einer Gebirgsbahntrasse war von je her mit solchen Kosten und Mühen verbunden, dass zu keiner Zeit der zu erwartende Ertrag aus beförderten Personen und Gütern den Aufwand gerechtfertigt hätte.

Es ist auch nicht bekannt, ob solche Pläne jemals bestanden haben, wenngleich sich dieses Gedankenspiel anbietet, betrachtet man die Landkarte etwas genauer:

Da gibt es nämlich auf der anderen Seite des Seeberges auch die Schmalspurbahn von Kapfenberg nach Thörl bei Aflenz, die den Personenbetrieb leider bereits in den fünfziger Jahren eingestellt hat. Die Strecke war noch einige Zeit für den Güterverkehr metallverarbeitender Betriebe der Region interessant, der Verkehr wurde mittlerweile jedoch völlig eingestellt. Allerdings gibt es im Raum Aflenz und Thörl, wie auch andernorts in Österreich private Bestrebungen, einen Museumsbahnbetrieb im Sinne des Fremdenverkehrs und der Eisenbahnnostalgie aufrecht zu erhalten.

Völlig rätselhaft ist und bleibt jedoch, warum die Bahnstrecke ausgerechnet in Thörl, wenige Kilometer vor dem Luftkurort Turnau endet. Der interessierte Eisenbahnfreund kann dieser Frage auch heute noch nachgehen, indem er den immer noch gut erhaltenen Bahnhof von Thörl bei Aflenz aufsucht und den Schienenweg weiterverfolgt, der nach wenigen hundert Metern bei einem kleinen Sägewerk, quasi mitten auf der Wiese endet.

Sehr wohl geplant aber nie ausgeführt wurde die Weiterführung der Traisentalbahn von Kernhof über das Gscheid nach Mariazell. Die Traisentalbahn beginnt, wie die Mariazellerbahn in St.Pölten, am sogenannten "Alpenbahnhof".

Im Gegensatz zur berühmteren "Schwester" ist sie jedoch als Normalspurstrecke errichtet worden und diente der Erschließung des südlichen Niederösterreich. In Traisen zweigt eine Seitenlinie durch das Gölsen- und Triestingtal bis nach Wr.Neustadt, zur Südbahn-Hauptstrecke ab (der Betrieb ist jedoch zwischen Hainfeld und Altenmarkt an der Triesting eingestellt), wenige Kilometer nach Lilienfeld, in Freiland schließlich teilt sich das Traisental und mit ihm teilte sich auch die Traisentalbahn.

Ein Zweig endete nach wenigen Kilometern in Türnitz. Die Überwindung von Annaberg und Josefsberg blieb von je her den Pilgern auf Schusters Rappen und in weiterer Folge den Postkutschen und noch später den Kraftfahrzeugen vorbehalten.

Der zweite Ast folgte der "Unrecht Traisen" über Innerfahrafeld und Hohenberg nach St.Ägyd am Neuwald bzw. in weiterer Folge nach Kernhof. Der Betrieb der Traisentalbahn auf dem letzten Teilstück ab Schrambach (kurz nach Lilienfeld) ist jedoch ebenfalls bereits - Erraten! - eingestellt.

Auch diese Bahnlinie war für Wanderer und Bergsteiger interessant, bildet doch Kernhof den Ausgangspunkt für Touren auf den Gippel und den Göller.

Eine letzte Nebenbahn schließlich, die eine Annäherung an das Hochschwab- und Veitsch-Massiv versuchte, jedoch nicht erreichte, war die Normalspurstrecke von Mürzzuschlag nach Neuberg an der Mürz. Sie stellte einen halbherzigen Versuch dar, das obere Mürztal eisenbahnmäßig zu erschließen. Natürlich ist Neuberg der Hauptort dieser kleinen Region, und natürlich ist diese Bahn schon manchem Heimkehrer von einer Tour im Gebiet von Rax oder Schneealpe sehr gelegen gekommen, eine Verlängerung nach Mürzsteg (mit dem großartigen Ausblick auf das Veitsch-Massiv) und gegebenenfalls über den Lahnsattel nach Mariazell erschiene jedoch sinnvoll. Wie auch immer: Es ist sehr schade, dass das wildromantische Obere Mürztal, diese verschlafene Perle der Steiermark, nicht mehr aus der Perspektive des fahrenden Zuges bewundert werden kann, denn auch diese Bahnline ist längst aufgelassen.

So schließt sich dieser Kreis um die niederschlags- und wasserreichste Gegend Österreichs, der nicht umsonst beide Wiener Hochquellenwasserleitungen entspringen. Es mag auch dies eine Überlegung sein, den Massentourismus nicht mit letzter Konsequenz in diese entlegenen Talschaften zu lassen, um die Reinheit der Bergwelt und somit in weiterer Folge die sichere Versorgung der Bundeshauptstadt mit reinem Wasser nicht in Frage zu stellen.

Die Vertreibung aus dem Paradies
(Blick auf eine Unperson)

Der Held unserer Geschichte weiß nun mehr um all diese Zusammenhänge und stellt sich die bange Frage: War es ein "Geisterzug" den er in dunkler Nacht in Rasing mit eigenen Augen gesehen hat, ist er auf irgendeine Art und Weise in die Vergangenheit geraten, in seine eigene Vergangenheit?

*

Gottfried Kerschenbaum hatte sich bemüht , Kartenmaterial der Umgebung von Mariazell zu besorgen und dabei eine weitere merkwürdige Entdeckung gemacht.

Als er nämlich die Karte studierte und versuchte, seinen Irrweg vom Vortag nachzuvollziehen, musste er erkennen, dass es den markierten Weg von der Salza-Schlucht nach Mariazell nicht gab, zumindest war er in der Karte nicht eingezeichnet. Er hatte bis jetzt mit niemandem über sein nächtliches Erlebnis gesprochen, fragte nun aber die Verkäuferin in der Trafik, wo er die Karte soeben gekauft hatte nach eben diesem Weg, an den er sich zu erinnern glaubte. Die Trafikantin antwortete: "Ja, ja, es gab diesen Weg auch bis vor ein paar Jahren. Es muss so zirka 1996 gewesen sein. Damals hat ein Hochwasser die Brücke über die Salza weggerissen. Seitdem ist dieser Weg unterbrochen. Die Markierung wurde aufgelassen." Gottfried Kerschenbaum stutzte. Er war also letzte Nacht über eine Brücke geschritten, die seit ein paar Jahren nicht mehr existierte. Er bedankte sich und schritt irritiert von dannen.

Über der Bürgeralpe braute sich unterdessen ein Fönsturm zusammen. Dieser und die beginnende Dämmerung gemahnten ihn daran, ein Zimmer für die kommende Nacht zu suchen. Nachdem er im "Goldenen Löwen" ein Nachtmahl eingenommen hatte, suchte er eine ihm empfohlene Privat-Pension auf. Sie war ebenfalls am Hauptplatz gelegen, und konnte von seinem Zimmerfenster aus ungehindert die Basilika betrachten, hatte sie quasi wie ein Postkartenmotiv vor den Augen. Gottfried Kerschenbaum hatte allerdings an diesem Tage keinerlei Ambitionen mehr, sondern legte sich gleich in das kleine Holzbett mit der rot-weiß-karierten Decke. Entgegen seinem Vorsatz warf er auch keinen Blick mehr in die Wanderkarte, sondern löschte sogleich das Licht, um aufgewühlt von den Ereignissen des scheidenden Tages in einen unruhigen Schlaf zu fallen.

*

Es war dunkle Nacht geworden, und es war still in Mariazell. Plötzlich drang von der Straße Lärm durch das halbgeöffnete Fenster in Gottfried Kerschenbaum's Kammer. Eine laute Menschenmenge schien durch die Straßen zu ziehen und sich dem Hauptplatz zu nähern. Gottfried Kerschenbaum ging ans Fenster. Undeutlich glaubte er die Festgesellschaft vom Vorabend im Gasthof zu Rasing mit dem fröhlichen Sänger zu erkennen. Fasziniert schlich er aus dem Haus um die seltsamen Gesellen zu verfolgen, die er indes nur noch schemenhaft in der Ferne erkennen konnte und alsbald ganz und gar aus den Augen verloren hatte. Während er versuchte, sie anhand des Lärmes, den sie verursachten, weiterzuverfolgen, wurde ihm bewusst, dass er immer noch mit dem Nachtgewand bekleidet war. Es war aber bereits zu spät. Der Morgen graute, der Tag brach an und der Hauptplatz würde sich in Kürze mit Menschen füllen und er, Gottfried Kerschenbaum wäre der Lächerlichkeit preisgegeben. An eine Umkehr war also nicht mehr zu denken. Schon war es heller Tag geworden, niemand hatte ihn Gott sei Dank bemerkt. Gottfried Kerschenbaum konnte indes nicht mehr genau sagen, wie lange er schon so herumirrte, ja wie lange er sich nun bereits in Mariazell aufhielt; es war ihm jeder Zeitbegriff abhanden gekommen. Auch die aufkeimende Frage nach Ursache und Sinnhaftigkeit seines Hierseins, ja seiner eigentlichen Existenz blieben unbeantwortet und bei diesem Gedanken stieg ein Grausen in ihm auf, dass er nur mühsam wieder unterdrücken konnte. Über Gottfried Kerschenbaum wölbte sich ein strahlend blauer Himmel, der sich bei näherer Betrachtung zusehends in beängstigendes Schwarz zu verwandeln schien. Nur noch in der Ferne ragte der Gipfel des sonnenbeschienenen Ötschers in den freundlich blauen Himmel. Es war dies die Perspektive, die sich dem Besucher von Mariazell bietet, der am Bahnhof dem Zug entsteigt und einen ersten Blick um sich schweifen lässt. Der Bahnhof! Ein neuer

126

Gedanke trieb Gottfried Kerschenbaum vorwärts, entlang der aufgelassenen Geleise. Er hatte Angst, doch er musste an diesem Gartentor vorbei. Er wagte die Namensschilder gar nicht erst zu lesen- doch da war es! Das Schild mit der Aufschrift "M.Magreiter" leuchte ihm von einem geöffneten Tor entgegen, welches ihm den Weg entlang der Hecken versperrte. Er trat in den Garten und sah sich der Frau mit dem blauen Badeanzug gegenüber, die ihn jedoch nicht zu beachten schien. Da wurde er sich wieder der Tatsache bewusst, nicht vollständig bekleidet zu sein. Besonders in seinem Unterkörper verspürte er eine unerhörte Nacktheit. Seine Augen schielten nach dem Nabel der Frau und wanderten weiter aufwärts zu ihrem lockenden Busen. Sie sprach nun zu ihm, teilte ihm eine Botschaft mit, die er aber längst kannte aber nicht verstehen wollte. Das Eingeständnis dieser Wahrheit war zu furchtbar.

Gottfried Kerschenbaum erwachte schweißgebadet. Er musste immer noch an die Frau in seinem Traum denken und verschaffte sich Erleichterung, um sodann in einen tiefen, traumlosen Schlaf zu fallen, aus dem ihn erst die Glocken der Basilika von Mariazell wecken sollten, die zur Morgenmette riefen.

*

Halten wir hier kurz inne, und betrachten wir Gottfried Kerschenbaum etwas näher: Ein Mann von vierzig Jahren, der auf den ersten Blick etwas jünger wirkte, dem etwas Kindliches anhaftete, etwas wie Unschuld. Es war indes eine trügerische Unschuld, die er zur Schau und mit sich herumtrug. Schon vor Jahren hatte er sich nämlich eines Verbrechens schuldig gemacht, das er fortan immer zu verdrängen wusste, wenn sich die aufkeimende Wahrheit seiner bemächtigte. Gottfried Kerschenbaum hatte sich schon als adoleszenter Jüngling, nein, noch früher, als Knabe, selbst aufgegeben, war innerlich tot, hatte sich selbst jeder Chance auf Besserung seines Elends beraubt und lebte in fortwährender Düsternis, im immerwährenden freien Fall in ein schwarzes Loch.

Geboren im November 1958, war Gottfried Kerschenbaum ein Einzelkind gewesen. Seine Kindheit kennzeichnete sich durch den Begriff vom "goldenen Käfig", in dem er fortwährend gefangen war. Das El-

ternhaus stand nämlich am Nordufer des Erlaufsees. Gottfried Kerschenbaum hatte kaum Kontakt zu den Kindern aus der Nachbarschaft,
und seine Eltern wachten streng über ihn, auch als die ersten Feriengäste in den Sechziger Jahren sich an die Gestade des Erlaufsees verirrten,
auf dass keinerlei städtische Verderbtheit sich schädlich auf das Gedei-
hen des Buben auswirken könne, und kommandierten ihn zu irgendwelchen Arbeiten im Hause ab, wenn sich eine halbnackte Touristin
allzu nah am elterlichen Anwesen sonnte. So war Gottfried Kerschenbaum denn die meiste Zeit allein mit den Sonnenstrahlen, die den See
und die umliegenden Berggipfel in das milde Licht des späten Nachmittags tauchten, allein mit den Düften der Wiese und dem Klang der Glocken von Mariazell, der von so manchem Windhauch herübergeweht
wurde.

Es kam der Tag, da Gottfried Kerschenbaum die Grundschuljahre
hinter sich gebracht hatte. Ein neuer Lebensabschnitt begann. Gleich
einem Zerrbild in der sengenden Mittagshitze verschwanden die Gestal-
ten der Eltern in seiner Erinnerung. Der Besuch der Internatsschule in
St.Pölten brachte viele neue Eindrücke, aber auch etliche Sorgen und
Nöte, mit denen er allein gelassen war. Die Nächte im großen Gemein-
schaftsschlafsaal waren ihm eine Qual; es war seltsam inmitten vieler
Menschen zu weilen und dennoch Einsamkeit zu fühlen. Seine Träume
handelten von der ersten Liebe, dem Liebkosen von Mädchenbrüsten,
aber auch von einer einst glanzvollen Rückkehr in seine Heimat.

Dieser Heimat entfremdete er sich in Wahrheit immer mehr. Seine
Eltern sah Gottfried Kerschenbaum fortan nur noch bei Kurzbesuchen
in den Ferien, wobei er bei jedem Besuch ein Stück mehr Distanz verspürte, ja gegen Ende seiner Internatszeit gar das Gefühl nicht los wurde, gar nicht seine richtigen Eltern vor sich zu haben.

Ein Erlebnis hatte sich ihm besonders eingeprägt. Es war irgendwann im Jänner 1969. Seine Eltern machten mit ihm eine Winter-
Wanderung. Mit der Mariazeller Bahn ging's bis zur Station Gösing, ab
dort sollte der Abstieg in das wildromantische Erlauftal, die sogenannten Tormäuer beginnen. Gleich neben dem Bahnhof befand sich das
Kurhotel Gösing. Es war ein atemberaubend schöner Wintertag, die
Sonne strahlte vom blauen Himmel und tauchte die Landschaft in gleis-
sendes Licht. Auf dem Parkplatz vor dem Hotel parkte ein leuchtend
roter Sportwagen mit offenem Verdeck – und das um diese Jahreszeit!

Ein auffälliges Paar saß im Wagen, ein älterer Herr in dunklem, tadellosen Anzug und eine sehr junge Frau in einem schwarz-weiß-karierten Kostüm mit sehr kurzem Rock und weißen Stiefeln. Sie trug Sonnenbrillen und ein kokettes Kopftuch. Der Wagen war von ein paar feixenden Burschen umringt, die das tolle Auto lobten, wohl um sich interessant zu machen. Gottfried blickte im Vorbeigehen scheu zu der Frau, der ältere Herr sprach ihn an: „Na, gefällt Dir das Auto auch so gut?" Gottfried errötete und schüttelte den Kopf, wagte gar nichts mehr zu sagen. „Was, Dir gefällt mein Auto nicht?" fragte noch mal der alte Herr. Die Burschen lachten, Gottfrieds Eltern drängten zum Weitergehen und Gottfried war froh, als man im Schutz des Waldes untertauchte. Er hatte sich für seine Eltern in ihren altmodischen Kniebundhosen und Walkjacken geniert, diese Frau... was hatte sie wohl von ihm gehalten? Er würde es nie erfahren.

So verliefen Gottfrieds Besuche zu Hause und so vergingen die Jahre. Mit dem Abschluss des Internats und der Reifeprüfung und gleichzeitigen Volljährigkeit wurde indes Gottfrieds schon angedeutete Vermutung zu Gewissheit: Ohne es zu wissen war Gottfried Kerschenbaum in aller Güte wie auch Strenge von Pflegeeltern erzogen worden, die sich seiner angenommen hatten, nachdem seine leibliche Mutter unmittelbar nach seiner Geburt eines plötzlichen Todes gestorben war, während der uneheliche Vater verschollen blieb.

Bei seinem letzten Besuch in der Heimat hatten ihm dies seine Pflegeeltern mitgeteilt, worauf Gottfried Kerschenbaum überstürzt abreiste, mit dem festen Vorsatz, nie wieder zu kommen, und sein Glück in der Hauptstadt Wien zu suchen.

Bei seiner Ankunft in Wien gegen Ende der Siebziger Jahre wirkte Gottfried Kerschenbaum auf seine Mitmenschen vermutlich wie ein Außerirdischer: Mit den festen Landschuhen und Strick-Socken, noch ein wenig behaftet mit dem Internats-Mief, wirkte er ein wenig deplaziert; sein Wesen war finster, verschlossen und er zumeist schweigsam.

Gottfried Kerschenbaum war ein Heimatloser, gestrandet in der Großstadt, und begann seine berufliche Laufbahn als Buchhalter und Lohnverrechner eines Gewerbebetriebes im dritten Bezirk. Von seinem Arbeitszimmer im fünften Stockwerk des Hauses gelegen, dass trotz dieser Lage, wie eingangs erwähnt, dunkel, düster und unpersönlich war, blickte er über den Park von Schloß Belvedere hinüber zu den

Prachtbauten der Ringstraße, konnte aber auch bei klarem Wetter die fernen blauen Berge im Westen, sozusagen seine alte Heimat, erahnen.

*

Zwanzig Jahre lang war dieses Zimmer Gottfried Kerschenbaum's Heimat im weitesten Sinne, verbrachte er hier doch vierzehn und mehr Stunden am Tag, fünf, sechs ja manchmal sieben Tage in der Woche. Es waren zwanzig Jahre, in denen die Welt eine völlig andere wurde. Mit den Jahren kamen und gingen die Schlagworte: Mit fortschreitender Rezension, Ost-Öffnung, Globalisierung und Europäisierung sowie mehreren Sparpaketen, die seitens der Regierungen verordnet worden waren, war das Arbeitsaufkommen in all den Jahren kaum geringer geworden, der Personalstand in den Unternehmen zur Bewältigung desselben aber sehr wohl.

Auch Gottfried Kerschenbaum bewältigte mittlerweile allein die gesamte Buchhaltung und Lohnverrechnung seiner Firma, wo zu Beginn seiner Laufbahn in besagtem Zimmer noch zwei weitere Mitarbeiter beschäftigt gewesen waren. Der alte Leiter der Buchhaltung nämlich war schon kurz nach Gottfried Kerschenbaum's Eintritt in die Firma in Pension gegangen, eine Sekretärin hatte man, um Kosten zu sparen, gekündigt.

So fand Gottfried Kerschenbaum sich denn allein in seinem Büro, welches gewissermaßen seinen „grauen Käfig" darstellte.

Er machte so gut wie nie Urlaub, arbeitete tagein, tagaus. Er vermied es, sich mit Arbeitskollegen oder Kolleginnen nach der Arbeit zu treffen, er mied die ihm oberflächlich scheinende Gemütlichkeit der Gaststuben und Schenken und er mied vor allem die geborgte Heiterkeit, die der Alkohol verhieß. Über das Privatleben von Gottfried Kerschenbaum gibt es ansonsten nicht viel Berichtenswertes...

*

Wir wissen noch nicht genau, was der Auslöser für die folgenden Ereignisse war: Es scheint so, als wurde Gottfried Kerschenbaum eines Tages die Sinnlosigkeit seiner Existenz bewusst. Noch wusste er nicht, wo er ansetzen sollte: Einerseits fühlte er sich schuldig, da er doch seine Pflegeeltern nie mehr besucht hatte, die ihm immerhin das nötige Rüstzeug mitgegeben hatten, eine Existenz aufzubauen. Indes wusste Gottfried Kerschenbaum nichts von ihrem Schicksal. Desweiteren fühlte er sich schon längere Zeit ein wenig kränklich und führte dies auf den fortwährenden Aufenthalt in seinem Arbeitszimmer, inmitten staubiger Aktenberge zurück. So erbat er sich zwei Wochen Urlaub, um einen „Bußgang" nach Mariazell, in seine alte Heimat, anzutreten, auf den Spuren seiner verlorenen Kindheit und Jugend und auf der Suche nach dem Verbleib all der weggeworfenen Jahre.

Dies also war die furchtbare Wahrheit, die Gottfried Kerschenbaum nicht ertragen konnte. Er hatte sich gewissermaßen selbst seiner Hoffnung und damit insgesamt seiner selbst beraubt, hatte sein Gefängnis selbst erbaut, sich den anderen Menschen, insbesondere dem anderen Geschlecht verschlossen und den Glauben an das Gute in ihm und das Begehrt-werden desselben verloren.

Wie schon erwähnt beendeten schließlich die Glocken der Basilika von Mariazell Gottfried Kerschenbaums Schlaf, er erwachte mit einem Gefühl der Übelkeit: Der Fönsturm hatte sich zwar in der Nacht gelegt, die durch ihn verursachten Kopfschmerzen waren aber noch da- an eine Bergtour war nicht zu denken!

Auf alten Wegen

Es gibt also Menschen, die verurteilt sind, zwischen den Welten zu leben. In keiner dieser Welten finden sie eine Heimat: Die Welt der Bürgerlichen ist ihnen zu fantasielos, die Welt der Fantasten auf Dauer zu wenig vernünftig. Was bleibt, ist die Flucht in die Stille.

Die Stille des Waldes ist es, die ich meine. Befindet man sich erst im Wald, so wird sehr rasch alles anders, als es vor kurzem noch war. Die erdrückendsten Sorgen, die schwer auf der Brust des Wanderers zwischen den Welten lasten, verkommen binnen der ersten Schritte zu störendem Lärm aus einer anderen Zeit, werden nach den ersten Atemzügen, mit denen die nach Erde und feuchtem Laub riechende Luft aufgesogen wird, zu fernem Windhauch, dessen Laut sich im Gesang der Vögel verliert.

Ein Tag im Walde ist in seiner Gesamtheit ein stimmiges Ganzes, ein abgerundetes Gemälde, dessen Betrachtung Balsam für die wunde Seele ist.

Der Mensch, der gerne Zuflucht in den Wäldern sucht, liebt es zum Beispiel, noch vor Tagesanbruch mit dem ersten Zug hinaus vor die Stadt zu fahren, um bei Sonnenaufgang schon im Wald zu sein. Der Tag ist noch frisch, wie das Leben des kleinen Kindes, das die Endlichkeit allen Seins noch nicht ahnt. Wenn man beispielsweise den alten Weg von Preßbaum nach Hochrotherd im Wienerwald wählt, und um sieben Uhr bereits die Anhöhe von "Dreikohlstätten" erklommen hat, wenn die soeben aufgegangene Sonne eine Lichtung mit ihren hellen Strahlen überflutet, die taufrischen Grashalme im Licht gleißen und die Glocken der Kirche von Wolfsgraben herüberklingen und dann wieder die Stille des Sonntags einkehrt, dann ist dies der Moment, den festzuhalten das Erstrebenswerteste und zugleich Unmöglichste auf Erden ist. Es ist die Stunde noch ungebrochenen Tatendranges, noch ungehindert von der Schwüle der Tageshitze und der Schwere, die den Wanderer befällt, hat er erst einmal eine Rast eingelegt und sein Mahl eingenommen. Der Blick schweift weit hin übers Land, die Sicht ist klar, die Welt zeigt sich noch in ihren schönsten und kräftigsten Farben.

Mit fortschreitender Stunde werden die Kontraste stumpfer, die Farben milder, verwandeln sich im Lichte der sinkenden Nachmittagssonne gar in Pastell-Töne und bescheren dem Betrachter eine melancholische Stimmung, aus der es erst wieder ein Entrinnen gibt, wenn die Finsternis der Nacht dem Geplagten die Gnade erholsamen Schlafes zuteil werden lässt oder derselbe der Blendung erliegt, die von den zahllosen Lichtern, Leuchtreklamen und Farbreflexen der Stadt ausgeht.

So wird denn auch mit dem Fortschreiten des Tages das Bewusstsein des Menschenkindes im Wald mehr und mehr getrübt von der Erkenntnis des Erwachsenwerdens des Tages, und steht die Sonne im Zenit, ist der Zenit der Lebenskraft bereits überschritten, nähert sich der Mensch bereits wieder der Finsternis ewiger Nacht.

„Die Welt ist wunderschön, doch das Leben furchtbar traurig" - Diese Erkenntnis hat der ins Exil der Stadt geflüchtete Wanderer zwischen den Welten schon in frühester Kindheit gehabt. Beim Spielen in der Mittagssonne eines Sommertages ahnte er die Kälte und Finsternis des Winters, und als träumender Heranwachsender blinzelte er an einem strahlend schönen Wintertag in die tief stehende Abendsonne und hatte Tränen unerklärlicher Sehnsucht in den Augen.

Immer schon hatte er die Pflanzen und die Tiere beneidet, die sich einfach ihres Daseins erfreuen und nicht wissen, dass sie eines Tages sterben werden.

So kehrt der Wanderer nach jedem noch so schönen Tag im Wald in die Stadt zurück, um grenzenloser Melancholie anheimzufallen und letztendlich mit dem sterbenden Tag ein Stück seines Lebens zu Grabe zu tragen.

Eine nicht unerwartete Facette stellt dabei die besondere Affinität des Wanderers zu Friedhöfen dar, derer es in der Stadt nicht wenige gibt: Vom Biedermeier-Friedhof in St.Marx bis zum großen Wiener Zentralfriedhof in Simmering, den zu Fuß zu erkunden mehrere Tage in Anspruch nimmt, gibt es einige dieser Oasen, die, zumeist rasch mit Bus oder Straßenbahn erreicht, auch die Rückkehr ins häusliche Domizil noch vor Mittag ermöglichen, um so der Melancholie des Nachmittags zu entgehen.

Wie gut, dass es die grauen Tage des Regens, oder des hochnebeligen Halbdunkel gibt! Der Nebel, der sowohl Fabriksschlote als auch Bäume und Sträucher zu Schemen im fernen Grau werden lässt, wird zum besten Freund des Wanderers zwischen den Welten. Es ist dieses gleichförmige Grau, dass sich gewissermaßen wie ein Schutzschild um die verwundete Seele legt, und ihn vor den Höhen und Tiefen des Gemütes, vor zuviel Licht und Schatten bewahrt.

Der Friedhof

Ein neuer Tag war angebrochen. Der Himmel über dem Mariazeller Land zeigte sich wolkenverhangen. Nachdem der Fön zusammengebrochen war, hatte sich eine Schlechtwetterfront ihren Weg über die Berge gebahnt. Hin und wieder regnete es kurze Schauer. Dazwischen riss die Wolkendecke kurz auf und gab ein wenig blauen Himmel frei.

Gottfried Kerschenbaum, der in Mariazell weilte, um in seiner Vergangenheit zu forschen, machte sich auf den Weg zum Friedhof. Wonach er genau suchen sollte, wusste er nicht, da er ja nicht einmal den Namen seiner leiblichen Mutter kannte. Immerhin, so meinte er, müsste er in den Tauf- und Sterbebüchern entsprechende Hinweise finden. Bei der Friedhofsverwaltung hoffte er dahingehende aufschlussreiche Informationen zu erhalten.

Er öffnete das schwere Gittertor und betrat den Friedhof, der unmittelbar neben der vor wenigen Jahren neu errichteten Umfahrungsstraße von Mariazell gelegen war. Während draußen der Ausflugsverkehr vorbeirollte ging Gottfried Kerschenbaum zwischen den Grabreihen in Richtung einer kleinen Kapelle im hintersten Winkel des Friedhofes.

Da horchte er auf: Es war plötzlich sehr still geworden. Wie bei einer Sonnenfinsternis waren Vögel und Insekten verstummt. Die Sonne blinzelte indes ein wenig durch die Wolken, es wurde schwül. Nebelschwaden stiegen aus den verregneten Wäldern des Triebein auf.

Gottfried Kerschenbaum spürte plötzlich, dass er nicht allein war; Ihm war, als hätte ihn kurz ein kalter Hauch gestreift. Er drehte sich um, und sah sich einem jungen Mann gegenüber, der ihn aus traurigen Augen ansah. Er war in schwarze Tracht gekleidet, trug einen Hut sowie einen sorgfältig gestutzten Bart. Der Mann hatte offenbar einen kürzlich erlittenen Verlust zu beklagen.

Gottfried Kerschenbaum sprach mit leiser Stimme: "Ich - darf Ihnen mein Beileid aussprechen?"

Stumm nickte der Mann und deutete sodann mit seinem Kopf zu einem Grab zu seiner linken, das offenbar erst kürzlich geöffnet worden war.

'Familie Magreiter' war in schlichten Buchstaben auf dem Grabstein eingraviert. "Ich heiße Carl Arzberger, und meine Marie ist heute

134

früh hier zu Grabe getragen worden. Sie haben die Kirchenglocken heute morgen gehört? Es hätten eigentlich unsere Hochzeitsglocken sein sollen, leider war's die Totenmesse. Gott hat sie mir genommen. Es hat nicht sollen sein."

"Das... tut mir leid. Ich kann verstehen, wie Ihnen zumute ist" erwiderte Gottfried Kerschenbaum.

Indes ihm schmerzlich bewusst wurde, in keiner Weise dem Manne nachfühlen zu können, wie ihm zumute war, da er selbst nie einem Menschen so nahe gestanden hatte, glaubte er jedoch plötzlich erneut, wie in seinem Traume, der ihm nun schon wieder mehrere Tage zurückzuliegen schien, den fröhlichen Sänger des Gasthauses zu Rasing wiederzuerkennen.

Vorsichtig fragte er: "Ich glaube, Sie unlängst schon einmal gesehen zu haben. Kann es sein, dass Sie im Gasthaus zu Rasing mit einer lustigen Gesellschaft Ihren Polterabend gefeiert haben?"

"Ja, es war letzten Samstag. Wieso...?" - "Ich stand ein wenig abseits des Gasthauses, im Dunkel, und beobachtete, wie Sie in den Zug gestiegen sind und Richtung Mariazell abfuhren."

"Ja, jetzt erinnere ich mich. Als ich aus dem abfahrenden Zug noch einmal zurück zum Gasthaus blickte, vermeinte ich, eine Gestalt in der Dunkelheit zu erkennen. Es hatte mich ganz kurz ein wenig unangenehm berührt. Von der Gestalt ging eine gewisse Traurigkeit aus, die nicht zu unserer ausgelassenen Stimmung passte. Es war wie ein böses Omen, das etwas vorweggenommen hat, das in der darauffolgenden Nacht passiert ist..."

Gottfried Kerschenbaum, dem die Unheimlichkeit dieser Begegnung bewusst wurde, schauderte. Dann fasste er sich wieder, und wollte beginnen, die Sache durch rationales Denken in den Griff zu bekommen. Zuallererst wollte er diesen Friedhof verlassen.

"Hören Sie", begann er, "ich möchte gerne mit Ihnen sprechen. Auch ich habe meine Geschichte, hatte meinen Weg, der mich zuletzt bis hin zu diesem dunklen Ort führte..."

"Das geht nicht, es kann nicht sein", unterbrach Ihn der Mann, dabei tönte seine Stimme aus merkwürdiger Ferne. "...kann nicht sein..."

Kerschenbaum registrierte ein Geräusch. Es war ein hupendes Auto auf der am Friedhof vorbeiführenden Straße, das plötzlich mit quietschenden Reifen bremste. Straßenverkehrslärm, die Sirene eines Einsatzfahrzeuges und andere vertraute Geräusche aus der Zivilisation holten Gottfried Kerschenbaum zurück in die Gegenwart.

Als er sich wieder umblickte, war der Mann, mit dem er gerade gesprochen hatte, spurlos verschwunden, wiewohl keine sich entfernenden Schritte auf dem Kies zu vernehmen gewesen waren. Als Gottfried Kerschenbaum rasch nach links blickte, war auch weit und breit kein Grab einer Familie Magreiter zu sehen.

Während der Schreck und die Kälte langsam wichen, drang der Gesang eines Vögleins an seine Ohren: Gottfried Kerschenbaum war wieder in die Wirklichkeit zurückgekehrt. Eilig verließ er den Friedhof und kehrte rasch zum Hauptplatz zurück.

Ausnahmsweise im Schatten des Vordaches vom "Goldenen Löwen" sitzend beobachtete er alsbald das rege Treiben. Die Glocken der Basilika läuteten: Es war zwölf Uhr Mittag, Pfingstsonntag.

Martha
oder
„Der Kapitalismus frisst seine Kinder"

Ein Besucher aus vergangener Zeit, der unsere Welt betrachtet, kann zu keinem anderen Schlusse gelangen, analysiert er gewissenhaft die Erscheinungsformen des fortschreitenden gesellschaftlichen Verfalles.

Da ist die „abendländische" Kultur, die mit Hilfe der freien Marktwirtschaft die "Erste" Welt seit Jahrhunderten fest im Griff hat, und nach einem gescheiterten, siebzigjährigen Experiment die "Zweite" Welt heimgeholt hat. Schon trauere ich wieder jenen Tagen nach, da es festgefügte Grenzen und eiserne Vorhänge gab, mit den beschaulichen, verschlafenen Grenzorten, nur wenige Kilometer von der Bundeshauptstadt Wien entfernt, quasi das Ende der Welt vor der Haustür. Schienenstränge, die ins Nichts verliefen, Straßen, die vor verrosteten, schon jahrzehntelang geschlossenen Schranken und Balken endeten, Gasthäuser mit vergilbten Speisekarten, die für die wenigen Gäste längst keine große Auswahl an Speisen mehr anboten, bestenfalls einen „Expresso" um nicht einmal fünf Schilling, brachliegende Felder im unmittelbaren

Bereich der toten Grenze, überragt von den Wachtürmen in der Ferne. Es war eine gute Zeit, und ich meine, es war auch keine ausschließlich schlechte Zeit für „die da drüben". Bei aller Wertschätzung des Rechtes auf freie Meinungsäußerung wird doch bereits in einigen Reformstaaten, wie auch im wieder geeinten Berlin darüber laut nachgedacht, dass es wohl auch nicht Sinn einer Gesellschaft sein kann, sich selbst und gesellschaftlichen Wert und Erfolg ausschließlich über die Menge verdienten oder "erwirtschafteten" Geldes zu definieren. Der moderne Mensch verbringt einen Großteil seiner Zeit damit, eben jenem Erfolg nachzulaufen, zu arbeiten, immer mehr, und immer schneller. Längst haben sich zwei Klassen herausgebildet: Jene, die in der Maschinerie drinnen stecken und nicht mehr herauskönnen, sowie jene, die nicht mehr dazugehören, weil sie ihren Arbeitsplatz verloren haben oder aus irgendwelchen Gründen im harten Wettbewerb nicht bestehen können, zu schwach oder zu oft krank sind und ganz einfach nicht ins System passen. In der Freizeit findet diese Klassenteilung ihre logische Fortsetzung, da die einen gelangweilt in „Erlebnis-Centern" Abwechslung und Aufregung suchen, die längst verloren gegangene Fantasie mit hundert und mehr Fernsehkanälen (für jeden Bedarf!) endgültig verabschieden, ständig neue Bedürfnisse "entdecken", die eben jene Industrie nur zu wecken braucht, um neue Produkte einzuführen und auch verkaufen zu können, und letztendlich an falscher Überernährung oder Magersucht aufgrund des Nachahmens von virtuellen oder operativ entstandenen Schönheitsidealen zugrunde gehen, während die anderen dieser Dinge gar nicht oder nur teilweise habhaft werden, verzweifeln oder gar aus Neid kriminell werden, um wenigstens ein kleines Stück vom Kuchen des Wohlstandes zu ergattern.

So gibt es nun eine „Erste" Welt, die aus zwei Klassen besteht, in der Neid und Missgunst ständig im Wachsen begriffen sind, was naturgemäß den Zulauf zu radikalpolitischen Strömungen erhöht, während jedoch kein Mensch, egal welcher der beiden Klassen er angehört, auch nur einen Gedanken an die Menschen der Dritten und Vierten Welt verschwendet, für die in unserem Denken vom Erhalten des einmal erreichten Wohlstandes nun wirklich kein Platz ist.

Das ausgehende zwanzigste Jahrhundert ist geprägt vom Egoismus und von der Sprachlosigkeit. Es kommt mir das Bild vom Altenheim in den Sinn, wo die ausrangierten, beiseite geschobenen senilen Greise und Greisinnen vor dem Fernsehapparat dämmern, einander jedoch nichts zu sagen haben, ebenso wenig wie die Angehörigen, die sehr selten zu Besuch kommen, kaum eine Konversation zuwege bringen. Wir sind sprachlos angesichts des Elends dieser Menschen und fliehen sehr bald erleichtert zurück in unsere Welt, ohne uns ernsthaft mit dem Elend zu befassen. Nicht viel anders verhält es sich mit unserem Umgang mit der Armut in der Dritten und Vierten Welt, deren Ausbeutung unsere eigenen Vorfahren in der Kolonialzeit bedenkenlos und schrankenlos betrieben haben.

Somit ist das Ende dieser, unserer Gesellschaft bereits vorgezeichnet und abzusehen:

Zum Einen werden Millionen und Milliarden von hungrigen Menschen im dunklen Abseits der südlichen Hemisphere nicht länger davon abgehalten werden können, sich schlichtweg zu holen, was ihnen vom reichen Norden vorenthalten wird.

Zum Anderen wird der Feind in uns selbst, sei es der Polit-Terror von rechts oder von links, seien es politisch verhetzte, wie ein Franz Fuchs, die aus Beziehungs- und Bildungslosigkeit zum Spielball welcher Mächte auch immer werden, werden also schließlich umstürzlerische Tendenzen immer lauter werden, die nach Vernichtung derer schreien, die per Dekret das einstige soziale Netz Stück für Stück demontieren, wie wohl sie selbst verlustig jeden Bezuges zur Realität gegangen sind, und im Nichtwissen, worin das angehäufte Vermögen zu investieren, an Dekadenz die römischen Cäsaren bereits bei weitem übertreffen.

Es erscheint mir in diesem Zusammenhang als Trost, wenn dieses Ende mit Schrecken vor der drohenden Umweltkatastrophe eintritt, der wir zweifellos entgegen gehen, sodass immerhin die Welt als solche weiter bestehen bleibt, wenn der Kapitalismus, für den ja die beiden Weltkriege ein wahrer Segen waren, der sein Fortbestehen einige Jahrzehnte prolongieren konnte, wenn dieser Kapitalismus also seine Kinder längst gefressen hat.

*

Dies ist die Geschichte von Martha. Sie entstammt jener vergangenen „Zweiten" Welt, wurde zu Beginn der Sechziger Jahre in der damals kommunistischen Tschechoslowakei geboren. Als Siebenjährige erlebte sie den Prager Frühling und die brutalen russischen Panzer, die den Traum von der Freiheit und vom Kommunismus mit menschlichem Antlitz niederwalzten. 1969, gerade zu der Zeit, als Gottfried sein „traumatisches" Erlebnis in Gösing hatte, wurde Martha unfreiwillig Zeugin, wie mitten in Prag der Student Jan Pallach aus Protest gegen den Einmarsch der Truppen aus den „Bruderstaaten" sich selbst mit Benzin übergoss und anschließend verbrannte. Martha war in einem Prager Vorort aufgewachsen und gerade mit ihrer Mutter auf dem Heimweg von einem Arzt-Termin, als sie in die Tumulte im Stadtzentrum gerieten. Nie würde sie den Anblick des brennenden Körpers des jungen Mannes vergessen. Sie schwor den „wahren Schuldigen" Rache und gelobte feierlich, DIESEM Regime niemals Folge zu leisten. In den folgenden Jahren wurde sie so zu einer stummen Mitläuferin, die in einem Produktionsbetrieb am Fließband arbeitete und nicht daran dachte, sich in irgendwelchen Parteikadern zu engagieren. Martha war von herber Schönheit, doch wies sie alle Annäherungsversuche männlicher Arbeitskollegen ab, ging abends nie aus und vergrub sich in Bücher und Schallplatten mit „verbotener" westlicher Musik. Martha blieb allein, denn sie konnte jenes traumatische Erlebnis nicht vergessen. Das Jahr 1989 und die Wende fegten über das Land hinweg und versetzten es in einen Taumel, aus dem es für manche bald ein böses Erwachen gab. Der Goldgräberstimmung westlicher Investoren folgte nach wenigen Jahren schon eine Katerstimmung ob der ständig steigenden, nicht in den Griff zu bekommenden Verluste, die geschrieben wurden. Der Betrieb, in dem Martha arbeitete wurde davon ebenso erfasst und musste eines Tages schließen. Martha jedoch ergriff eine sich bietende Gelegenheit, nämlich ein Stellenangebot in Wien, das ihr durch einen entfernten Verwandten zugetragen worden war. Es war just jener Gewerbebetrieb, in dem Gottfried Kerschenbaum in der Buchhaltung arbeitete. Martha sprach einigermaßen gut deutsch, da es in ihrer Familie sudetendeutsche Wurzeln gab, in Wien zu arbeiten machte ihr also nichts aus. Wenn Gottfried frühmorgens zu seinem Bureau ging führte ihn sein Weg an der kleinen Werkstätte vorbei, in der Martha arbeitete. Scheu blickte er zu ihr und grüsste sie, ohne jedoch ein Lächeln zu zeigen, denn er war von ihrer Schönheit dermaßen angetan, dass er keinen Mut hatte, sie gar anzusprechen. Eines Abends jedoch ergab es sich, dass beide zur gleichen Zeit das Firmengebäude verließen und offenbar ein Stück gemeinsamen Weges zu gehen hatten. Sie war es schließlich, die ihn ansprach: „Wie lange sind Sie schon in dieser Firma beschäftigt?" Er erwiderte kurz angebunden: „Fast zwanzig Jahre" – „Na, das heißt dann ja, dass Sie auch schon zwanzig Jahre oder länger in Wien wohnen, ja? Sie können mir dann wohl sicher den Weg zur Mariahilfer Straße sagen, ich suche dort nämlich ein bestimmtes Geschäft, und ich kenne mich in Wien noch nicht aus" – Gottfried konnte es, und er ließ es sich nicht nehmen, mit Martha gemeinsam bis zur Mariahilfer Straße zu gehen, gab dabei vor, ohnedies den gleichen Weg zu haben. Sie ließ ihn gewähren und merkte im Stillen, dass er sie verehrte. Sie fühlte sich irgendwie zu diesem stillen Menschen hingezogen, war ihm viel ähnlicher als er sich das vorstellen konnte. Zufällig hatten sich zwei verwundete Seelen getroffen und gingen ein Stück Weges gemeinsam. Schließlich standen sie vor dem Geschäft, es war das berühmte Kaufhaus Gerngross, und Martha entdeckte in der Auslage an einer Kleiderpuppe wonach sie suchte: „Da, sehen Sie – dieses Pepita-Kostüm. So etwas möchte ich mir kaufen" – Gottfried schluckte: „Das schwarzweiß karierte Kostüm?" – „Ja, man nennt so was Pepita-Kostüm, gefällt es ihnen?" Gottfried nickte. Er begann sich in seiner Haut mehr als unwohl zu fühlen, fühlte sich hier an diesem Ort, im Angesicht schöner und teurer Kleider und in unmittelbarer Nähe einer attraktiven Frau deplaziert – er wusste nichts rechtes mehr zu sagen. „Na gut, Sie müssen da jetzt hineingehen und Ihr Kostüm kaufen, und ich – äh – muss jetzt weiter…" Gottfried verabschiedete sich schnell und ergriff die Flucht. Diese Frau war ihm überlegen, umso mehr, wenn sie nun jenes Kleidungsstück erwerben würde, das in ihm so unangenehme Erinnerungen an eine seiner größten „Niederlagen" weckte.

So beendete Gottfried eine Romanze, ehe sie überhaupt begann. In den Nächten tröstete er sich mit Wunschvorstellungen, in denen ihm Martha als verführerische, dominante und nimmersatte Gespielin für lustvolle Stunden erschien. Es begann damit, dass sie ihm mit übereinandergeschlagenen Beinen gegenüber saß und er ungeniert ihre Beine betrachten konnte. Danach bat sie ihn, ihr beim Öffnen des Zipp-Verschlusses ihres Pepita-Kostüms behilflich zu sein. Gleich einem Pin-up-Fräulein, wie er es von diversen Illustrierten und   Herren-

Magazinen kannte, blickte sie ihn herausfordernd über ihre makellosen weißen Schultern an und versprach ihm ungeahnte Wonnen...

Doch in der Realität sah er Martha nicht wieder, denn sie hatte die Stelle in dem Gewerbetrieb nur als Zwischenstation betrachtet, sich bald anderswo beworben und ging einer besser bezahlten Zukunft entgegen, doch fand Gottfried nach einigen Tagen ein Kuvert vor, das Martha offenbar an ihrem allerletzten Arbeitstag für ihn hinterlassen hatte. Ein Zettel fand sich darin mit den Worten: „Schade, ich hätte es Ihnen gerne persönlich gesagt. Danke für Ihre Hilfe – und seien Sie nicht so viel alleine" – dieser letzte Satz ging ihm lange nicht aus dem Kopf, er klang ein wenig holprig, wie Martha eben sprach, immer mit diesem leichten tschechischen Akzent, ein wenig unvollkommen und doch so liebenswert...

Er war eben nun mal alleine und würde es wohl auch bleiben. Er hatte seine Chance gehabt, und er hatte sie vertan. Doch hatte ihn dieses Erlebnis derartig aufgewühlt, dass er einen „Ausbruch" aus seiner Misere wagte - er würde sich Urlaub erbitten und die Suche nach sich selbst, ja, nach seinem Leben in die Hand nehmen!

Das Fragment

Während also Gottfried Kerschenbaum im "Goldenen Löwen" über den Lauf der Welt im Allgemeinen und sein Leben im Besonderen sinnierte, reifte in ihm der Entschluss, den folgenden Tag für die geplante Bergtour zu nutzen, zumal das Wetter sich zunehmend zu beruhigen schien.

Frühmorgens am nächsten Tag brach er also auf: Schlag Fünf Uhr dreißig verließ der Zug den Bahnhof Mariazell und erreichte um sechs Uhr Gösing.

Gottfried Kerschenbaum ließ das noch morgendlich verschlafene Kurhotel links liegen und stapfte durch nasses Gras, das in der beginnenden Morgensonne dampfte, und finstere Wälder hinab in die Erlaufschlucht, genannt „Tormäuer". Um acht Uhr begann der eigentliche Aufstieg, zuerst über steile, bewaldete Hänge auf den "Nestelberg" und von da an weiter zum „Rauhen Kamm", den wohl spektakulärsten Aufstieg zum Ötschergipfel. Mehrmals verließ Kerschenbaum der Mut, mehrmals meinte er, seine Kräfte verließen ihn. Eine kurze Rast im Stehen ließ aber bald die Energie zurückkehren. Das laute Klopfen seines Herzens wurde alsbald leiser, die Geräusche des Waldes, feiner Windhauch, hin und wieder vereinzeltes Vogelgezwitscher und vielleicht sogar der Ruf des Kuckucks drangen an sein Ohr, und ein Hochgefühl packte ihn, hier allein mit der Natur zu sein und seinen Kampf, vielleicht den letzten Kampf seines Lebens auszufechten und so seinem sinnlosen Dasein zuletzt doch noch eine Mission zu geben.

Der Klettersteig über den Rauen Kamm war dann weniger beschwerlich, als vielmehr ausgesetzt und verlangte zumindest Tritt- und Griffsicherheit. Kerschenbaum erreichte den Ötschergipfel noch vor der größten Hitze um halb elf und stieg sodann gleich zum Ötscherschutzhaus ab, das er um elf Uhr erreichte. Hier gönnte er sich eine kleine Mahlzeit und machte sich bald darauf auf den Weg zur Gemeindealpe. Dieser Weg führte Kerschenbaum über Almböden und zwischen Latschen hindurch, die ihm keinerlei Schutz vor der Sonne boten, die schließlich bereits weit über dem Zenit stand, als er das Terzerhaus auf der Gemeindealpe erreichte. Auch hier legte er eine kurze Rast ein, um sodann zum Erlaufsee abzusteigen, da er ja das Tal noch vor Einbruch der Dunkelheit erreichen wollte.

Der Weg führte entlang einer stillgelegten Lift-Trasse, die Kerschenbaum noch aus seiner Kindheit kannte, und dann durch dunkle Nadelwälder, bis diese schließlich in freundlicheren Mischwald übergingen, der Kerschenbaum anzeigte, dass er sich offensichtlich bereits dem Nordufer des Erlaufsees näherte. Es war gegen siebzehn Uhr, und undeutlich konnte Kerschenbaum bereits zwischen den Bäumen die Umrisse der Ferienhäuser und Villen am Gestade des Sees erkennen.

Dort irgendwo hatte er seine Kindheit im goldenen Käfig verbracht und ob dieser Annäherung an diesen lang gemiedenen Ort machte sich eine ängstliche Unruhe in ihm bemerkbar.

Zwischen den länger werdenden Schatten der Rotbuchen tauchte eine Holzhütte im Walde auf, die den Wanderer zum Verweilen einlud. Undeutlich erinnerte Gottfried Kerschenbaum sich an diese Hütte, die er in den Tagen seiner Kindheit wohl auch des Öfteren als Zufluchtsort und Versteck aufgesucht haben musste. Man konnte auf einer Bank

Platz nehmen und durch ein Fenster auf den See hinausblicken, der nur wenige hundert Meter unterhalb gelegen war. Zahlreiche in die Wände geschnitzte Initialen und Herzen verrieten Kerschenbaum, dass diese Hütte auch Treffpunkt verliebter Pärchen sein musste und Ort von Wonnen, deren er in seiner Jugend nie teilhaftig geworden war. Im leuchtenden Rot der hereindringenden Abendsonne entzifferte er: "AM+CA+MM 1958". Während seine Gedanken sich bemühten, Stein um Stein des Puzzles zusammenzusetzen, dessen Gesamtbild ihm gleichwohl im Unterbewusstsein schon bekannt sein musste, wurde er gestört: Eine Gruppe junger Leute näherte sich der Hütte. Von ihnen unbemerkt schlich Gottfried Kerschenbaum davon. Aus sicherer Entfernung beobachtete er, dass es drei Menschen waren, die die Einsamkeit dieses romantischen Ortes suchten. Es waren, so glaubte er zu erkennen, zwei Mädchen und ein Bursch von vielleicht neunzehn Jahren, wobei der junge Mann im Übrigen dem trauernden Bräutigam, den er tags davor auf dem Friedhof von Mariazell getroffen hatte, ähnelte. Es wurde Kerschenbaum bewusst, dass er Zeuge von Ungeheuerlichem werden würde. Aus der Hütte drang unbeschwertes Lachen, Gekicher und ahnungsvolles Geflüster. Sie schienen etwas zu trinken mitgenommen zu haben, außerdem wurde in der Hütte geraucht, wie ihm seine feine Nase verriet. Da näherte sich eine weitere, von Kerschenbaum bis jetzt unbemerkt gebliebene Gestalt mit raschen Schritten. Kerschenbaum musste sich noch weiter von der Hütte entfernen. Es war eine ältere Frau, wie er nun erkennen konnte, die zu wissen schien, was sie in der Hütte erwarten würde, in welche sie nun mit lautem Geschrei eindrang, das er zwar nicht verstand, dessen Sinn er aber erahnen konnte. Es musste wohl trotz allem ein unschuldiges Treiben gewesen sein, in das die Alte da hineingefahren war. Sie jagte den jungen Mann offenbar aus der Hütte, denn der lief von dannen, sodann zerrte sie die beiden Mädchen, die wohl ihre Töchter zu sein schienen, hinter sich her, nach Hause.

Kerschenbaum, dem die Bedeutung der in die Wand geritzten Initialen längst klar geworden war, stieg nun im dämmrigen Wald hinunter zur Uferstraße, die er auch alsbald erreichte. Hier, wo einst in seiner Kindheit die ersten Badegäste im wiederhergestellten Österreich im Hochsommer ihren Urlaubsfreuden frönten und wo für ihn die Grenze zur Zivilisation, zur freien Menschheit verlaufen war, hier stand nun in der Dunkelheit ein Bildstock neben der Uferstraße. Die Sonne war bereits untergegangen, sodass Kerschenbaum nur schwer die verwitterte Schrift entziffern konnte: " Zum Gedenken an Maria Magreiter, die hier im Mai 1958 ums Leben kam."

Im Dunkel der hereinbrechenden Nacht stand plötzlich eine zahnlose Alte vor ihm; es war die um viele Jahre gealterte Mutter der beiden Mädchen, die er zuvor beobachtet hatte. Sie deutete auf den Bildstock: "Um sie war net schad', sie war nämlich ein Luder, genau wie ihre Schwester, die Anna. Sie hat zwar ein Kind unterm Herzen getrag'n, s'war aber sicher auch nichts rechtes draus gewordn. Der Vater war ein Falott, der war sogar in der Nacht vor der Hochzeit noch b'soff'n und hat tanzt mit alle Weiber aus'n Ort, und er hat a Gspusi mit der Schwester von der Braut g'habt. Es hat so kommen müssen!"

Gottfried Kerschenbaum fröstelte. Die Augen der Alten waren kaum zu sehen, sie schienen leere Höhlen zu sein in einem Gesicht, das langsam zu einem Totenkopf wurde. Auch Kerschenbaum verließen nun seine Kräfte. Mehr und mehr wich das Blut aus seinen Adern, sackte der Körper in sich zusammen; es wurde kalt in ihm und um ihn.

Von ferne hörte er die Alte murmeln: "Ja, und so sind sie zu dritt vom Polterabend heimgekehrt, haben in der Waldschenke auch noch gezecht bis zwei in der Früh, die Maria, die Anna und der Carl. Der ist auch noch dort gebliebʼn. Die zwei Mädlʼn sind entlang des Sees heimgangen, und vor lauter übermütigem Getue muß wohl die Maria in den See gestürzt sein. Die Anna war so betrunken, dass sie net hat helfen können. So ist die Maria samt ihrem Kind unterm Herzen ertrunken, so war die G'schicht..."

Der grinsende Totenkopf der Alten verschwand im Nebel der Nacht.

*

Hier endet Gottfried Kerschenbaums Weg und Geschichte, sackt gewissermaßen ins Nichts zusammen, wie ein Häufchen Staub, das in kürzester Zeit von einem Windhauch verweht wird und keine Spur hinterlässt, so als ob es nie existiert hätte.

Anstelle eines Epilogs

Carl Arzberger, ledig, 59, war mit seinem Auto am Pfingstsonntag 1998 unterwegs. Er befand sich am Heimweg vom Frühschoppen beim „Blumentritt" in St.Ägyd nach Mariazell. Am Gscheid kam er von der Fahrbahn ab und prallte mit seinem Fahrzeug gegen einen Baum.

Mit einem Notarztwagen wurde er ins Spital von Mariazell gebracht. Trotz aller eingeleiteten Sofortmaßnahmen in der Intensivstation des Krankenhauses erlag er seinen Verletzungen kurz nach der Einlieferung.

In seinen letzten Sekunden, begleitet vom Mittagsgeläut' der Basilika von Mariazell, erlebt Carl Arzberger seinen letzten Tagtraum, lässt die vertanen Chancen seines Daseins und das Leben seines ungeborenen Sohnes an ihm vorbei defilieren und räsoniert: "Wie dumm das damals zugegangen ist..."

Der Gipfel des Ötscher grüßt herüber, steht stolz da, wie eh und je in der hellen Mittagssonne, die gerade im Zenit steht und sich anschickt, ihre Talfahrt zu beginnen, von der es diesmal kein Zurück gibt.

"...ich habe ja immer nur meine Maria gern g'habt, mit der Anna war gar nichts, wir waren nur neugierig, wie Kinder, wollten einmal verbotene Früchte probieren..."

Der Himmel verändert sich vom hellblau des Tages zum dunkelblau des Abends, die Mauern der benachbarten Häuser vom Weiß des Mittags zum Gelb des Nachmittags und der Dämmerung, wie bei einer hereinbrechenden Sonnenfinsternis. Es wird kühler.

"...aber das war längst vorbei, als ich die Hochzeit mit der Maria vorbereitet hab'. Wir waren glücklich, unser erstes Kind war auch bereits unterwegs. Es hätte ein Bub werden sollen. Wir hätten ihn nach meinem Großvater Gottfried genannt..."

Rund um Carl Arzberger wird es schwarz und bitterkalt, während der letzte Glockenschlag der Basilika herübergeweht wird und schließlich verhallt.

Gottfried Kerschenbaum hat nie gelebt.

Personal Thanks

Besonderer Dank und Anerkennung (#GRATITUDE) an Thomas Königshofer (Lektorat) und an Manfred Bauer (1957-2012) der mich vor Zeiten motiviert hat, mit dem Schreiben zu beginnen und der auch zahllose Inspirationen zu diesem Band geliefert hat.

THANX to the guys of Schüttelfrost Blues Band for sharing the stage with me in those happy days – R.I.P. Duggy

Thank You to Gisela Eder for open a window, Claudia, Elvira for open the door, Doris for open-up my eyes for the world & to Michaela and Birgit. A very special Thank You to Martina for enriching my life and showing me the way to peace and patience and to her wonderful children Anna and Mathias.

Thanks to Geezer Butler, Glenn Hughes and Pete Way for inspiration for a lifetime – and a special thanks to my „furs", my family and friends and to everyone who shared my „Livin' Within Two Worlds" for a while.